MW01137833

AREIA MOVEDIÇA

AREIA MOVEDIÇA

Douglas Lobo

Livraria Danúbio Editora
2021

© *Areia Movediça,* Douglas Lobo, 2021.

Dados Internacionais de Catalogação na Publicação (CIP)
(Câmara Brasileira do Livro, SP, Brasil)

Lobo, Douglas
    Areia movediça / Douglas Lobo. -- 2. ed. --
Curitiba, PR : Editora Danúbio, 2021.

    ISBN 978-65-88248-11-9

    1. Ficção brasileira I. Título.

21-81461   CDD-B869.3

Índices para catálogo sistemático:
1. Ficção : Literatura brasileira B869.3
Aline Graziele Benitez - Bibliotecária - CRB-1/3129

Edição: Diogo Fontana
Diagramação e capa: Lucas Guse

Os direitos desta edição pertencem à Editora Danúbio
CNPJ: 17.764.031/0001-11
Site: www.editoradanubio.com.br

Sumário

Perdulário, enamorado, perco-me em mil contemplações, em mil coisas antagônicas, fragmentárias, líricas, dispersivas.

— MARQUES REBELO, 'O Trapicheiro'

De tudo, ficaram três coisas: a certeza de que ele estava sempre começando, a certeza de que era preciso continuar e a certeza de que seria interrompido antes de terminar.

— FERNANDO SABINO, 'O Encontro Marcado'

E assim prosseguimos, botes contra a corrente, impelidos incessantemente para o passado.

— F. SCOTT FITZGERALD, 'O Grande Gatsby'

1

Você preferia estar em outro lugar. Qualquer lugar. Só não aqui, nesta casa de gafieira, no Rio de Janeiro. Você não gosta de samba, embora diga o contrário a seus amigos. Prefere *rock*, de preferência americano. Seus amigos também, mas preferem dizer que gostam de samba; pega melhor: "música do povo". Você se questiona se samba é música do povo. A massa escuta esse ritmo ainda, no Brasil de hoje?

Não que você conheça muita gente "do povo". Nem você nem seus amigos são da classe popular. Fossem-no, não estariam aqui, numa casa do bairro da Lapa, onde o preço dum único ingresso supera o valor duma cesta básica.

Seus amigos preferem, claro, não refletir sobre essa contradição. Acham que a Lapa os coloca nos estratos mais baixos da população — como se o bairro ainda fosse o lugar proscrito dos 1930, e não o ponto da moda dos turistas e *millenials*.

Você já está na quarta *caipivodka*, numa tentativa de se animar. De pé, copo na mão, você presencia, no palco, um vocalista, que, acompanhado por bateria, baixo e violão, canta um samba antigo:

Tá legal, eu aceito o argumento
Mas não me altere o samba tanto assim
Olha que a rapaziada está sentindo a falta
De um cavaco, de um pandeiro ou de um tamborim

Você tenta conter o riso perante um sambista tão inesperado: rapaz de pele branca, bermudão, camiseta justa e boné para trás — um *playboy* que parece ter se perdido a caminho de Ipanema. Não que isso o surpreenda: há dez anos no Rio, já aprendeu que a atitude descolada, aqui, consiste em incorporar os gestos, a linguagem e a música do morro; para o cantor no palco — e para seus amigos — essa música é o samba "de raiz"; fingem não saber que o verdadeiro som dos barracos é o *funk*: sua roda é refinada demais para os bailes das favelas. Dionísio vez ou outra menciona a possibilidade de irem a alguns da Zona Sul, que oferecem à elite cool um ambiente onde ela pode se sentir parte do "povo". Você espera que a ideia não vingue.

Alguém toca no seu ombro direito.

Você conhece Dionísio o suficiente para reconhecer os sinais de embriaguez: o brilho nas pupilas, o suor na gola da blusa com estampa do filme *Pulp fiction* — ele transpira quando bebe muito —, as bochechas avermelhadas. Sóbrio ou bêbado, sempre parecia um *hippie* trazido de 1970; a convivência ensinou, aliás, que o amigo empreende esforços em transmitir essa imagem.

Ele lhe apresenta uma garota recém-conhecida: tem pele negra, cabelos crespos num penteado moicano e *piercings* no nariz e nas orelhas.

— Dionísio falou que você é de Fortaleza — ela diz.

Você anui com a cabeça. Torce para que ela mude de assunto. Para que falar sobre sua cidade? Você mal se lembra dela: a paisagem urbana, os amigos, os empregos — tudo há muito desvanecido da memória.

— Eu não conheço Fortaleza — a garota continua, em direção contrária às suas expectativas. — Que tem de bom lá? De súbito você se lembra de Edvaldo. Daquele dia no bar...

Tenta esconder a impaciência ao responder:

— Galinha caipira à cabidela.

A garota arregala os olhos, sem parecer ter compreendido. Dionísio aproveita a oportunidade para abarcá-la pelos ombros com um dos braços:

— Eu te disse que ele era engraçado.

Você lembra, então — por que sempre se esquece disso, mesmo morando aqui há dez anos? —, que no Rio os padrões de comunicação são rígidos (apesar das aparências em contrário). Colocar algo imprevisto numa conversa é tido como excentricidade, sarcasmo ou, na pior hipótese, grosseria. Você tenta consertar:

— É o que tem em Fortaleza. Comida, bebida, rede pra dormir: sombra e água fresca. Só isso, entende?

A garota sorri:

— Ah, saquei — ela se vira para Dionísio, que ainda a abarca pelos ombros: — E Belo Horizonte? Que tem de bom por lá?

Você mantém os olhos em ambos, mas não lhes escuta a conversa. Esta, a lição mais valiosa que aprendeu durante os meses em que fez aulas de atuação: a técnica do muro. Neste momento, o espaço "cênico" só inclui você. Tudo o mais, todos os demais, são a plateia que o ator tem de ignorar para se manter no personagem; neste caso, é preciso ignorar a todos para continuar sendo você mesmo — esse artifício é o que tem lhe permitido sobreviver no Rio, cidade onde o muro imaginário exclui o máximo de habitantes.

Quando você se dá conta, Dionísio e a garota já entraram em outro assunto: política.

— O *establishment* quer derrubar o governo popular — diz Dionísio, o rosto a poucos centímetros da garota. — A elite não quer que o povo voe de avião. Ou vá pra Disney. A madame quer ter uma mucama em casa. É como diz o Foucault...

Você já presenciou em vários momentos a estratégia: quando conhecia uma garota, Dionísio dava um jeito de puxar algum assunto que a pudesse impressionar; e na primeira oportunidade citava algum escritor — famoso o suficiente para que a menina reconhecesse o nome, mas não tão conhecido a ponto de ela poder avaliar se ele conhecia ou não de fato a obra do autor: era nessa brecha que Dionísio brilhava. Em geral funcionava — e desta vez também, já que logo os dois estão a se beijar. Depois de alguns minutos ele sussurra algo no ouvido dela, ela anui com a cabeça, despedem-se de você e saem da casa.

Você ainda não se habitou à rapidez com que o sexo se desenrola aqui no Rio.

Você procura por Jairo.

Ele continua onde você o viu pela última vez: no centro duma roda cujos integrantes conheceu há alguns minutos.

Numa cidade em que todos lutam para parecer desalinhados (projetar um aspecto despretensioso), tudo em Jairo, ao contrário, exala o mais absoluto apuro: camisa social em cetim, calça de algodão, mocassim italiano de camurça, cabelos modelados por creme. Naquele momento, ele relata algo aos novos amigos, do jeito usual dele: olhos dum interlocutor a outro, movimento mínimo de cabeça. Quando termina, riem. Jairo é bom em contar piadas — o *hobby* de comediante *stand-up* é um dos muitos que pratica. Ele, claro, faz questão de se gabar desse e de outros *hobbies* a quem quer que conheça na balada — em especial às mulheres. Não por acaso, você atenta numa garota ao lado dele: loura, olhos verdes, corpo *mignon*: deve ser o alvo da noite.

Você também enxerga, a alguns passos de Jairo, Kalina. De blusa de estampa florida, calça de brim de aba curta e curtos cabelos ruivos cujas franjas lhe caem pelas laterais do rosto bronzeado. Ela e o marido conversam com uma garota que devem ter acabado de conhecer.

Você procura por Paulo Sérgio. Nenhum sinal dele. Ele sempre sai cedo.

Você passa em revista a casa. Em cada metro ao redor, pessoas. Em meio à música, você lhes escuta as risadas, os fragmentos de conversa, sente os esbarrões em seu corpo quando passam ao lado. O ambiente fervilha de energia sensorial, sensual, sexual.

Então, por que você se sente tão só?

2

Você não lembra como chegou aqui, neste quarto de motel. Muito menos como convenceu a moça, que neste momento coloca a bolsa sobre o criado-mudo, a entrar no lugar.

A última lembrança é de ter ido ao bar pedir outra *caipivodka*. Você não tem muito tempo para se preocupar com as memórias perdidas: a garota se senta na cama e, com um sorriso, fica no aguardo.

Você percebe que tirou a sorte grande quando, após os primeiros beijos, os dois sentados na cama, ela se ergue e começa a se despir.

Ao contemplá-la só de calcinha e sutiã, você se deslumbra com o corpo que as roupas escondiam: coxas musculosas e depiladas, abdômen rígido, trapézio definido.

Você se ergue, beija-a da novo, deita-a na cama e se debruça sobre ela.

Você tende ao agressivo, mas decide começar por movimentos gentis, já que não é toda noite que uma mulher assim lhe cai nas mãos. Beija as bochechas, o pescoço, a orelha; ela parece gostar. Acaricia-lhe

17

as pálpebras, ela ri; ao retirar a mão, seu dedo roça num dos olhos dela.

Você já está pronto para mais, quando ela o empurra.

— Que foi? — você pergunta.

— Meu olho — ela o esfrega; é o mesmo em que você tocou. Seu dedo deve estar sujo.

Você vai até o frigobar e volta com uma garrafinha d'água. Ela limpa o olho com o líquido, mas é inútil:

— Eu tô me recuperando duma cirurgia nele.

Ela se levanta, vai ao banheiro, lava-o com água da torneira, mas não adianta. Volta ao quarto:

— Tá doendo! Por que você fez isso?!

— Eu não fiz nada...

Ela responde com um palavrão, veste-se e, sem se despedir, o dedo a coçar o olho, sai.

Você deita na cama, barriga para cima, e amaldiçoa a má sorte. Com você o sexo nunca é fácil — mesmo quando parece lhe cair no colo.

No quarteirão do seu prédio, vindo a pé do metrô, você passa por um mendigo recostado junto a um poste de luz. De soslaio, percebe que ele deita os olhos em você, numa súplica silenciosa.

Você o ignora. Deixou de dar esmola depois que veio ao Rio. Para que ajudar alguém nesta cidade? Aqui é cada um por si.

Diante da fachada da portaria, depara-se com um gato preto, sentado. Está envolto por sombras; mas os olhos, cravados em você, resplandecem e permeiam a escuridão, dando às trevas um tom claro-escuro. Você gosta de felinos, mas algo neste o perturba. Tenta compreender o motivo — o motivo por que de súbito tem a impressão de que está prestes a cair em desgraça.

(*Ou já caí?*)

Não consegue entender o sentimento, então o relega; dá alguns passos rumo ao portão gradeado, que é aberto pelo porteiro por meio dum dispositivo eletrônico; o gato corre e desaparece na noite, como se nela tivera nascido.

*
**

Você não se recorda do que ocorreu na gafieira há duas horas, mas agora, sentado numa cadeira de rodinhas no escritório do seu apartamento, uma cerveja *long neck* na mão (a terceira desde que chegou em casa), cigarro aceso na aba do cinzeiro, lhe vem à memória a noite em que você descortinou, pela janela do avião, por uma fissura de súbito aberta nas nuvens escuras duma frente fria, as luzes da metrópole. Aqui no Rio estava a sua espera aquilo que você mais buscava então: um emprego numa grande cidade, a realização do seu potencial sem os limites da província.

Por que volta agora essa memória, há muito soterrada, como tantas outras? Nos últimos anos o passado só vinha em lampejos, como as lembranças de alguém submetido a eletrochoque — lampejos que escolhia desconsiderar.

Agora, por algum motivo, você se recorda até do que lhe veio à mente enquanto o avião descia para pouso:

— Vencerei.

Naquela noite, você não se importava com os amigos deixados para trás. Nem com a mãe que implorara que ficasse, receosa dos perigos da metrópole; nem com o pai, o irmão, as irmãs. Por que se importar com eles? Eram prisioneiros do ambiente provinciano, que jamais conseguiriam sobrepujar. Já você, era de outra estirpe: nascera para conquistar, para alargar seus horizontes, para se impor ao mundo e prostrá-lo de joelhos. Queria uma vida urbana, sofisticada, independente, e ninguém iria impedi-lo de tê-la.

Enquanto traga a fumaça do cigarro, você se pergunta como toda aquela ambição ficou no passado. A ânsia, a vontade de vencer, a firmeza de viver a vida nos próprios termos — já não as tem mais.

Sempre imaginou um destino diferente da sorte dos demais. Havia convencido a si mesmo que nascera para novos rumos, não para aqueles que a maioria escolhe. Mas ao fim o que se tornou? Um servidor público. Há destino mais convencional que esse?

À sua frente, sobre a escrivaninha, as provas materiais do pecado que cometeu contra si mesmo: o desperdício dos vinte e parte dos trinta anos — uma fase da vida em que a maioria dá os passos decisivos rumo à realização: aqui, cinquenta páginas dum romance que escreve há cinco anos, sem perspectiva de conclusão — o sonho de ser escritor há muito abandonado, na prática; ali, cinco argumentos de filmes de longa-metragem — nenhum dos quais você teve a disciplina para transformar em roteiros completos; acolá, papéis e pastas com projetos de estudo de Literatura, História e Filosofia Política — nenhum dos quais você chegou sequer a iniciar.

Você gira em semicírculo na cadeira e espalha a vista pelos livros nas suas três estantes. Você leu muito, sem dúvida. Contudo, que assunto pode dizer que conhece? Aos trinta e seis anos, deveria dominar pelo menos um campo; ou ter alguma habilidade destacada. Bem que você tentou: além dos livros, inúmeros cursos, palestras e seminários, tudo que pudera fazer; sem falar no estudo de idiomas: inglês, francês, espanhol — nenhum dos quais você sabe para valer. Até curso para ator você fez, em busca dum caminho. Nada disso adiantou. Em tudo, sempre teve a sensação de ser apenas mais um.

O alerta sonoro do micro-ondas na cozinha avisa que a lasanha à bolonhesa está pronta. Você esmaga a bagana do cigarro no cinzeiro e, a garrafa de cerveja vazia para trás, sai para o corredor, por onde acessa a cozinha. Tira a comida do micro-ondas, uma garrafa de dois litros de refrigerante da geladeira e vai até a sala de jantar contígua.

À mesa, você come com sofreguidão, a colher tão cheia que a lasanha ameaça cair pelas bordas. Para acompanhar, copos e copos do refrigerante.

Você sabe que não deve comer assim: porções generosas de carboidrato, mal mastigadas. A nutricionista já alertou: "compulsão alimentar". Você se irritou na ocasião, mas no íntimo sabe que é verdade. Não é mais jovem, seu metabolismo não é tão eficiente quanto há alguns anos: muita comida, mastigação deficiente e logo vem uma digestão tortuosa, sofrida. Mas não consegue evitar: o alimento é para você como o cigarro, a bebida, o sexo: paliativos duma vida em que não se vislumbra nenhum propósito — uma vida sem rumo e, por isso, sem firmeza, o solo a seus pés como que prestes a se esvair, na iminência de lhe tragar, como areia movediça.

Após o jantar, você se ergue da mesa e, sem recolher o prato e os talheres sujos, vai à sala de estar contígua. Senta-se no sofá e tenta retomar um livro: *Demônio*, de Hubert Selby. Depois de duas páginas, deixa o livro de lado. Não consegue mais se concentrar na leitura; não lembra a última vez em que leu algo do começo ao fim além de *e-mails* de trabalho, textos de *blogs* e *posts* de redes sociais.

Hoje, além da já habitual dificuldade de se concentrar, atrapalha a persistência, em sua memória, da recordação da chegada ao Rio. Precisa se livrar dela. Volta ao escritório, senta-se à escrivaninha e tira duma das gavetas um bloco de notas. Havia-o comprado há uns três anos, para começar um diário. Nunca escreveu uma linha. Mas agora decide começar: se o passado insiste em lhe perseguir, que melhor maneira de se livrar dele do que colocar as lembranças no papel?

Na primeira página do bloco, escreve a data de hoje e, depois:

Muitos escritores tiveram diário. Então terei um...

Tenta escrever a lembrança de sua chegada ao Rio. Por algum motivo, não consegue. A memória está viva em sua mente, mas não consegue transpô-la para o papel.

Depois de alguns minutos, desiste. Relê as duas frases que escreveu; irrita-se. Desde quando pode dizer que é um escritor?

Deixa o bloco de lado, vai à cozinha, pega uma garrafa de cerveja na geladeira e anda até a sala.

Senta-se no sofá e, garrafa de cerveja sobre a mesa de centro, liga a *smart TV*. Começa a navegar por uma plataforma de vídeos, que, depois de algumas opções desinteressantes, sugere um documentário sobre Truman Capote.

Você aperta o *play*, recosta-se no espaldar do sofá e assiste ao vídeo. Já conhece a vida de Capote, mas o documentário traz alguns detalhes que você ignorava.

Ao término, sente compaixão pelo escritor americano: talentoso quanto fosse, aceitou o papel menor de mascote intelectual dos bem--nascidos de Nova Iorque; e só o abandonou escorraçado pela própria elite, ofendida com a publicação numa revista de trechos dum romance *à clef* em que Capote deu tratamento de ficção a personalidades da alta sociedade com as quais convivia.

Você assiste a outros vídeos — os últimos deles, pornográficos, à visão dos quais você se masturba.

Às três da madrugada, convence-se de que precisa dormir — embora preferisse que não; prefere não acordar amanhã, não ter que ir ao trabalho; prefere não ter que viver...

3

De ressaca, no vagão do metrô, enquanto se segura a um dos postes, você lê no celular as notícias do dia.

O assunto predominante é a continuidade das manifestações populares contra o governo. Haviam começado no ano passado, na cidade de São Paulo, em protesto contra o aumento dos preços das passagens de ônibus; logo se espraiaram para as demais capitais e ameaçavam envolver todo o país — não mais tendo como alvo somente a prefeitura paulista, mas o governo federal.

No Rio de Janeiro, nas últimas semanas, a situação agravou-se pela ação de grupos anarquistas, que, infiltrados nos protestos, depredam prédios, carros e terminais bancários.

Você próprio vê o governo com desconfiança. Mas mantém essa opinião consigo. A maioria de seus amigos é favorável, embora o digam por meio de inúmeros pleonasmos; e nem poderia ser diferente: o partido trabalhista chegou ao poder com a promessa de acabar com a corrupção; doze anos depois, as denúncias pululam — a mais grave delas, a dum senador, ex-aliado, que em entrevista a um jornal delatou a existência de um esquema de corrupção com ramificações diretas no Palácio do Planalto — denúncia que se desdobraria nos anos seguintes em mais acusações, cujos indícios divulgados até agora, se não provavam de toda evidência os fatos delatados, lançavam suspeitas suficientes para mostrar que os políticos eleitos sob a bandeira da ética não difeririam daqueles que antes condenavam.

Como defender um governo assim, a não ser com o habilidoso jogo de palavras em que seus amigos se esmeram? — "os governos anteriores também eram corruptos", "tem roubalheira, mas deu auxílio aos pobres", "preocupar-se com corrupção é moral conservadora"...

Você discorda; mas para que se indispor com o seu círculo social? Até porque, embora não acredite mais tanto no governo, você ainda é um progressista; ainda está do mesmo lado que seus amigos.

Você tira os olhos do celular e os lança ao redor.

O vagão lotado, como de costume no horário. A maioria dos passageiros se veste de modo casual, embora a vivência no Rio lhe tenha ensinado que aqui não somente as roupas, mas os gestos, a estética corporal — tatuagens inclusive — e ainda as palavras utilizadas nas conversas são escolhidas para causar determinada impressão.

Você tenta fazer o exercício que aprendeu com Tércio anos atrás, no curso de meditação *raja yoga*: imaginar uma estrela na testa de cada um ao redor, de modo que você e os demais se sintam parte de algo em comum.

Depois de alguns minutos, desiste. Você nunca vai se sentir parte do Rio de Janeiro. Aqui, tudo — os interesses, as relações, mesmo as certezas — é evanescente, fluido, como aquelas partículas brancas que flutuam nas réstias de luz. Como uma personalidade tão concreta como a sua, com firmeza de compromissos e de convicções, fará parte disso? Sem falar que, numa cidade onde todos se pretendem descolados, você é, ao contrário, o *deslocado*: de cabelo alinhado, calça e blusas sociais, sapatos sociais lustrados e corpo sem tatuagens, você traz o termo "provinciano" como que escrito na testa.

Você sente um fio de cabelo cair sobre a testa. Ajeita-o com a mão; tenta se enxergar no vidro do metrô, para saber se o resto do cabelo está alinhado. Não consegue: sua imagem aparece borrada, entremeada pelos reflexos dos outros passageiros, pelas luzes no teto do vagão e pela imagem de outro trem, que cruza os trilhos em sentido contrário.

Desvia os olhos rumo a uma garota, que, sentada no banco à sua frente, lê um livro. Devido ao ângulo, você não consegue distinguir o título, só o autor: Osvaldo Albuquerque — o filósofo brasileiro conservador, residente nos Estados Unidos e uma das vozes mais ativas nas redes sociais contra o governo trabalhista.

Você já leu alguns *posts* dele. Acha que tem argumentos válidos. Por exemplo, a ideia de que a sociedade em que vivemos é uma herança que nos é dada, e é nosso dever respeitar esse legado por meio do repúdio a movimentos revolucionários, que tendem a destruir a ordem vigente para construir uma nova.

Ele não estaria correto? Mesmo progressista, você tem restrições à retórica revolucionária. Mas mantém essa opinião em segredo: em seu círculo de amigos, qualquer interesse pelo conservadorismo é proibido.

O edifício em que você trabalha tem a forma dum jogo de peças de encaixar, sendo todas constituídas de blocos de concreto; em alguns pontos, estão na iminência do encaixe, mas sem efetivá-lo, como se o jogador tivesse parado antes do momento decisivo; os espaços vazios decorrentes constituem-se de jardins panorâmicos, com paredes de azulejo, plantas em canteiros de granito e pilastras nuas entre o chão e o teto.

Você atravessa um portão gradeado aberto, sobe por uma escadinha de três degraus, passa por uma porta corrediça e entra no *hall*.

Caminha até as catracas, passa o crachá pelo leitor magnético duma delas, cruza o segundo *hall* e entra num dos elevadores.

No décimo-nono andar, você desce, abre uma porta de vidro,

cumprimenta a recepcionista, passa o crachá noutra catraca e anda por uma porta corrediça.

Você caminha à esquerda, num corredor. Passa por várias estações de trabalho ocupadas, até chegar em seu setor.

Você entra numa estação, iluminada pela luz solar que atravessa uma janela à sua frente. Está atrasado, como sempre.

Sentado à sua direita, contíguo à sala do gerente — janelas de persianas sempre cerradas —, Jairo conversa com alguém ao telefone: um repórter, pelo pouco que você escuta enquanto lhe passa ao lado. Ele trabalha na assessoria de imprensa, enquanto você é da comunicação interna — o que, no mundo dos jornalistas, dá a ele *status* maior.

Após Jairo, senta-se Kalina. Neste momento, ela desenha num *software* um cartaz para alguma campanha de comunicação.

Ao lado de Kalina, e à frente de quem entra, fica Paulo Sérgio, que rabisca uma folha de papel almaço.

Ao lado de Paulo Sérgio, e à direita de quem entra, senta-se Dionísio, que digita no computador.

Após Dionísio, fica você, no lado oposto ao de Jairo, o espaço vazio da divisória que delimita a entrada da estação a separá-los.

Você se senta e liga o computador. Enquanto a máquina inicia, Dionísio pára de escrever e lhe diz:

— Hipólito perguntou por ti.

Saco.

Você vira a cadeira de rodinhas na direção de Dionísio:

— Ele disse o assunto?

— O *e-mail* pro Recursos Humanos.

Você reprime um palavrão. Há dois dias trabalha no texto, que precisa ser enviado por *e-mail*, a todos os empregados, com o anúncio duma nova política de Recursos Humanos.

Hipólito não vai conceder mais prazo. Ele gosta de pressa.

Não; ele *usa* a pressa. Logo após o início do governo trabalhista, o chefe, jornalista, usou as conexões pessoais dele para se apresentar ao partido como alguém preparado. Conseguiu se tornar gerente de

Comunicação; no entanto, nos primeiros meses, os erros e o baixo padrão do trabalho do setor quase lhe custaram o cargo. Então Hipólito criou uma estratégia: usar a rapidez como desculpa para encobrir a má qualidade. Correr, a todo tempo, o tempo todo, virou a norma — de modo que sempre havia uma justificativa caso uma informação errada fosse divulgada aos meios de comunicação ou aos empregados, ou se uma peça de campanha saísse com erros de informação ou em desacordo com o *briefing*.

O mensageiro do andar, um rapaz magro de cabelos louros, aproxima-se da entrada da estação, aos passos rápidos que lhe valeram o apelido de Pisca-Pisca ("chega e some numa piscada d'olho"). Olhos ao redor, retira de entre os envelopes que carrega um pacote lacrado de papelão, o qual entrega a Jairo. O outro pega o embrulho, dá ao jovem algumas cédulas e, enquanto Pisca-Pisca se afasta, coloca o pacote dentro duma mochila.

Jairo lança a vista em torno. Sorri quando o vê; sabe que você não vai denunciar a transação, já que são amigos.

Algumas estações adiante, Pisca-Pisca entrega algum documento — ou vende outro pacote com drogas, impossível você saber a essa distância.

Você se pergunta quantos fregueses Pisca-Pisca tem naquele andar; ou quantos dentre os empregados sabem de sua atividade criminal.

Depois de alguns segundos, afasta esses pensamentos e decide se preocupar com o trabalho a ser feito. Não quer ser cobrado; não do modo como o chefe cobra, saindo de supetão da sala e—

— Cadê o *e-mail*?!

Hipólito está de pé, em frente à porta aberta da sala — cabelos curtos espetados, barba com os primeiros pelos grisalhos, olhos em você.

É a situação que você queria evitar. O chefe parecia ter a convicção de que cobrar os empregados aos gritos lhes aumentava a produtividade, devido ao constrangimento.

Àquela altura os olhos de todos na estação, e nas demais ao redor, lhe miram. Todos ali perto costumam se divertir com o *show* de Hipólito — exceto, claro, a vítima.

Você tenta manter a voz firme ao responder:

— Termino ainda hoje. Só falta—

— Hoje que horas?

— Depois do almoço. Eu—

— Você tá há dois dias com esse *job*!

Você sente os lábios tremerem...

(*quando o chefe manda, é baixar a cabeça e obedecer*)

... mas tenta esconder isso ao responder:

— O Recursos Humanos só me passou as informações que faltavam ontem. Eu—

— Eu quero isso até as onze! Ouviu!?

Antes que você possa responder, Hipólito entra na sala e bate a porta. O impacto balança uma moldura pendurada nela, em que se lê uma citação: "Escolha um trabalho de que gostes e não terás que trabalhar nem um dia na tua vida" — com a atribuição logo abaixo: Confúcio.

Como de costume, todos voltam ao trabalho assim que a porta fecha. O *show* de Hipólito é parte da rotina dali, como a primeira rodada de café, às dez da manhã, e a segunda, às duas da tarde. Você próprio já se habituou e, sem mais demora, começa a trabalhar no texto.

Você toma o último gole do chope na tulipa, enquanto tenta escutar, em meio ao vozerio no restaurante, Dionísio:

— O Zizek é o último grande pensador público.

Slavoj Zizek, ele continua, é um filósofo marxista que defende a viabilidade, nos dias de hoje, duma revolução comunista. Isso mesmo: *revolução*. Ele estava ontem num programa de entrevistas na televisão. Tentaram encurralar ele de todo jeito, mas ele é safo, escapou das pegadinhas dos jornalistas. Cara, o sujeito tem que ter culhão pra defender revolução nos dias de hoje, ainda mais na frente duma imprensa reacionária!

— E eu concordo — diz Dionísio. — Não tem papo de reformismo, tem que ser é revolução!

Você pergunta a si mesmo se Dionísio tem alguma ideia do que é de fato uma revolução, ou de como uma economia comunista funciona. Ele acha que numa sociedade comunista conseguiria manter o padrão de vida dele?

Você evita expressar essas perguntas. Não tem tantos amigos assim no Rio para perder alguns.

É trazido à realidade pelas palavras de Kalina, que sempre fala com o queixo um pouco erguido, como se buscasse ar:

— Você tem ideia do quanto esse animal sofreu pra virar tua comida? — ela aponta com o indicador para o pedaço de galeto no garfo à altura dos seus lábios.

Você dá um meio-sorriso e come o pedaço de galeto; marinado no vinho e com ervas finas — muito bom, mas você tenta disfarçar o prazer enquanto mastiga.

Nos pratos dos outros, saladas — você é o único da turma que não se converteu ao vegetarianismo, malgrado a pregação de Kalina.

— Eu tenho uma ideia — disse Paulo Sérgio, garfo erguido, cotovelos sobre a mesa. — Um jantar vegetariano. Pra você — aponta-lhe o talher — aprender que é possível uma comida saborosa sem carne.

Kalina bate palmas, no que é seguida pelos outros. Marcam para dali a duas noites; Dionísio cederá o apartamento e Kalina fará a comida.

Você força um sorriso e se retesa na cadeira, o incômodo da situação ampliada pela falta de espaço do restaurante, onde as mesas ficam à distância dum braço uma da outra, o colete dum garçom ou o vestido duma freguesa a ruflarem de vez em vez por seu cotovelo ou suas costas.

Dionísio menciona um livro que leu: *Fahrenheit 451*. Segundo ele, Ray Bradbury antecipa nessa obra a volta do nazismo — fato que ocorre agora mesmo no Brasil, com a oposição conservadora a tentar derrubar o governo porque não aceita a ascensão dos pobres e...

Você deixa de prestar atenção. Nunca consegue prestar atenção muito tempo no que Dionísio diz; há algo de fingido na *persona* de intelectual que ele ostenta. Na verdade, tudo em Dionísio parece lembrar algo (ou alguém), mas você não consegue descobrir o quê (ou quem).

No mais, algo mais concreto que a volta do nazismo lhe preocupa: já é julho, e, pelo jeito, terá que se conformar com mais um ano de estagnação profissional. Há quanto tempo está assim? andando, mas sem sair do lugar? Ao mesmo tempo, compreende o quão contraditório é esperar ascensão num trabalho que nada mais significa para você.

Seu nome, pronunciado por Dionísio, expulsa os pensamentos:

— Oi?

— Eu perguntei se você já leu *Fanhereit 451* — pergunta Dionísio. — Só que você tá em outro mundo — ele ri, a ponta da língua de fora, como de hábito nele.

Você meneia a cabeça:

— Desculpe... é que... eu esperava algo esse ano.

— "Algo"? — pergunta Kalina.

— Uma viagem? — é Jairo.

— Uma mulher? — é Paulo Sérgio.

— Eu esperava uma promoção, ou um cargo, ou a liderança dum projeto... Qualquer coisa.

Os demais riem.

— Ah, um homem ambicioso! — Kalina ergue o copo e toma o último gole do suco de clorofila.

— O homem que vai conquistar o trono dos Sete Reinos! — Jairo aponta o garfo em riste, como uma espada.

Você entrelaça as mãos sobre a mesa:

— Qual o problema em querer crescer? Não é esse o propósito numa carreira? A ascensão?

Dionísio toma o último gole de vinho e, a taça ainda suspensa na mão:

— Deixa de procurar sentido no trabalho, cara. Não há; nem mesmo na vida.

— Pelo que viver, então?

— Pela farra, ora!

Dionísio coloca a taça sobre a mesa e, com um gesto de mão, pede a conta ao garçom.

Você sorri, numa tentativa de esconder os pensamentos que assolam seu interior.

As palavras de Edvaldo, há anos, voltam à cabeça: *Você nunca está satisfeito. Afinal, o que você busca?*

4

De volta do almoço, você puxa a cadeira, mas antes que possa sentar Hipólito sai da sala e, com um gesto de cabeça, chama você para dentro.

Tão logo entram, ele fecha a porta e se senta na borda da mesa — atrás dele, visível pelo vidro da janela, um avião sobrevoa o mar, as nuvens resplandecentes devido à luz solar, as águas trespassadas, num trecho à altura da praia, por um promontório de morros rochosos. Sem convidá-lo a sentar, Hipólito vai direto ao assunto:

— Você vai ter que acompanhar o diretor de Refino numa entrevista. Daqui a duas horas.

Você sorri. Hipólito nunca delega nenhuma atividade que envolva contato pessoal com algum dos diretores. À boca miúda se comenta que faz isso para impedir que subordinados cresçam na carreira e terminem por lhe ameaçar o posto. Será que ele mudou? Será que aprendeu a confiar nos outros — em você?

33

Hipólito não deixa que a alegria dure muito:

— Nem vem se achar. Me chamaram pra uma reunião urgente na Presidência. Os demais estão ocupados. Duma hora pra outra começou a chegar um monte de demanda sobre—

Ele morde os lábios.

— Sobre o quê?

Ele ignora a pergunta:

— É o jeito você ir. Te enviei os detalhes por *e-mail*.

Você anui com a cabeça e entreabre a porta; antes que saia, Hipólito chama.

— Entra mudo e sai calado — diz ele.

— Por quê?

O chefe sorri:

— Você sempre fala besteira.

O sangue lhe ferve. Você crispa os lábios, quer responder...

(*quando o chefe manda, é baixar a cabeça e obedecer*)

... mas, ao fim, se limita a sair da sala.

Você sai do elevador exclusivo da Diretoria e, à esquerda, abre a porta envidraçada da recepção.

A recepcionista, já à espera, ergue-se da cadeira junto ao balcão e, com um crachá-mestre, abre a porta corrediça e lhe orienta sobre como chegar à sala do diretor de Refino.

Você atravessa um corredor, pelo qual passa em meio a estações de trabalho, ocupadas por empregados das várias diretorias.

Identifica a secretária do diretor pelo nome, inscrito num *display* afixado na divisória que separa a estação de trabalho dela do corredor.

Apresenta-se a ela, que então se ergue e, após conduzir você rumo a uma antessala ao lado, abre a porta de madeira e anuncia sua entrada.

Você entra e se depara com o chefe de gabinete da Diretoria de Refino, sentado a uma escrivaninha.

Só conhece Edgar Falcão por *e-mails* e telefonemas. Seus cabelos, brancos nas laterais, denunciam já alguma idade, o que se acentua pelos óculos de aros grossos, sustentados sobre a saliência dum nariz pontiagudo, que, junto com um queixo retraído e um rosto triangular, lhe dão a aparência duma ave de rapina.

Ele se ergue da cadeira, aperta sua mão e convida a sentar.

— O diretor recebeu uma ligação de última hora do presidente — ele diz assim que se sentam. — É só ele terminar e entramos.

Você está disposto a aguardar em silêncio — mas Edgar logo fala, a cabeça baixa, os olhos a lhe fitarem por sobre os aros dos óculos, como os duma coruja à mira dum rato:

— Os *bullet points* que você preparou? Muito bons.

— Obrigado.

— Esses jornalistas... — ele meneia a cabeça. — Eles reclamam porque a empresa *não* aumenta o preço dos combustíveis?

Você ri perante a lógica da pergunta — correta, sob certa perspectiva. De fato, o governo trabalhista, acionista majoritário da empresa, recusa-se a repassar para os combustíveis a alta internacional do preço do barril de petróleo: gasolina e diesel a preços altos poderiam reduzir a aprovação popular e, com isso, prejudicar o partido na eleição presidencial. Os jornalistas de economia, no entanto, sabem que isso mina dia a dia o caixa da empresa; daí as críticas.

— Como a assessoria de imprensa está lidando com as demandas dos jornalistas? — Edgar pergunta.

— Juntamos as perguntas e tentamos responder todas por meio de textos em blocos. Em vez de responder item por item. Arquivamos todas as respostas num banco de dados; muitas perguntas se repetem e podemos usar conteúdo já pronto.

— E o outro assunto? como está sendo tratado?

— Que outro assunto?

Edgar arregala os olhos. Isso lhe dá ao rosto uma feição cômica, e você se esforça para não rir. Então, ele meneia a cabeça:

— Nada. Esqueça.

Você lembra que há pouco Hipólito também falou mais do que devia. Algo ocorre nos bastidores e, seja o que for, já chegou à imprensa.

Naquele momento, o diretor liga para Edgar e autoriza sua entrada. Você esquece o assunto nos bastidores, seja qual for — os pensamentos agora concentrados na tarefa a cumprir.

5

Todos já saíram.

Você continua no computador, mesmo sem trabalho a fazer. Não quer ir para casa. Para quê?

(*para quem?*)

Você sempre fica além do horário. Contudo, antes não ficava à toa; trabalhava; dedicava-se, queria mostrar resultados; à espera do dia em que Hipólito iria lhe reconhecer e dar uma chance.

Enganou-se. As horas a mais nos dias úteis, o trabalho eventual nos fins de semana, as viagens pelo país inteiro — tudo isso só fez Hipólito vê-lo mais e mais como alguém sempre à disposição: um capacho. Que reversão de expectativas, conclui, olhos pelas estações de trabalho vazias.

Chegou ao Rio disposto a vencer. Resoluto a começar de fato a carreira, que até então consistia de duas iniciativas abandonadas a meio-caminho: a de jornalista de redação e, depois, de assessor de comunicação. Na verdade, toda sua vida até então se resumia a isso:

pôr-se ao encalço de algo, só para desistir em seguida. Ou, como dizia Vânia: *homens ambiciosos, como você, estão sempre recomeçando* — um outro modo de dizer que você não persistia...

Naquela noite, cujos detalhes continuam desde ontem a povoar sua mente, você tinha certeza, enquanto contemplava pela janela do avião a baía que se descortinava, de haver encontrado um rumo na carreira.

Mas algo saiu errado.

Algo no Rio.

(*ou em mim?*)

O Rio que habitava sua imaginação: o da Bossa Nova, o da boêmia dos intelectuais, o do Cinema Novo — esse Rio não existia mais.

(*algum dia havia?*)

Os cariocas, então... Longe do povo relaxado que esperava encontrar, deparou-se com uma sociedade tensa, premida pelo custo de vida e pela ameaça de violência iminente. Levar desaforos — no supermercado, na farmácia, no metrô — era rotina, parte do espírito da cidade — e com o tempo você próprio passou a distribuí-los, tornando-se a beligerância, agora, parte de sua personalidade. Com os anos iria incorporar também a indiferença, a falta de solidariedade, a lógica do cada-um-por-si que é a tônica da metrópole.

Quanto à famosa beleza do Rio, esta não resistiu à descida do avião. Nas calçadas, mijo e sujeira se acumulavam; nos prédios, tinta desgastada, aparelhos de ar-condicionado dependurados a esmo, cortinas de janelas sujas — toda a cidade sem senso de estética, numa agressão visual permanente a quem cresceu com a paisagem urbana de Fortaleza.

E a empresa? Quanto esforço desperdiçado...

Por ingenuidade, você acreditou nos discursos durante as palestras de apresentação — reconhecimento por meritocracia, impessoalidade nas avaliações de desempenho, valorização do conhecimento técnico — e assim pôs todo o empenho no trabalho; a saúde, o lazer, a vida pessoal em segundo plano.

Até então jornalista de redação e de assessoria — por formação e experiência —, lançou-se à tarefa de obter as habilidades necessárias ao ambiente corporativo. Se antes a ambição literária dera lugar ao jornalismo, repelia-o pela ascensão profissional.

Fez um *master of business administration*, aperfeiçoou o inglês, com foco em negócios, leu o que podia sobre desempenho, *networking*, gestão de produtividade e de tempo. Aprendeu a usar roupas formais, disciplinou-se a fazer a barba todo dia, a manter o cabelo sempre cortado e alinhado. Passou a compreender como funcionava a cultura organizacional: a hierarquia, os organogramas e fluxos, as expectativas dos chefes em relação aos empregados, a importância de saber ouvir e falar.

(descobriria tarde demais que os princípios mais importantes no mundo corporativo jamais são ditos — ficam nas entrelinhas...)

O mais difícil foi aceitar a hierarquia. Empenhou-se em domar, a custo, o rebelde em você.

(*quando o chefe manda, é baixar a cabeça e obedecer*)

Após um ano havia se tornado um homem corporativo: o operário de escritório, sem criatividade, submisso a ordens — a literatura e o jornalismo, expressões de seu lado transgressor e criativo, soterrados. Mas estava satisfeito com a transformação; não desconfiava, então, que sufocara a si próprio.

Demorou até concluir que seu trabalho só resultava em mais trabalho. Demorou também até compreender que chefes como Hipólito não respeitam quem lhes serve, mas quem lhes desafia. Você não havia sido preparado para um mundo assim.

Foi só nos últimos cinco anos que aos poucos aceitou a realidade: dera voltas no inferno, sem nada obter ao fim. E assim chegou à situação de agora: um dia após o outro, sem desafios, qualquer esforço reduzido ao mínimo; acomodou-se no serviço público, como tantos que antes condenava.

Às vezes tem vontade de reagir: a ideia de ser escritor vez que outra volta, como numa cisma — você bem que tentava, rabiscava algo, mas desistia depois de alguns minutos.

Você ainda está imerso nesses pensamentos quando Jairo chama no celular:

— Cadê você?

— No trabalho.

— Às oito da noite?

— O que você quer?

— Estou no "*rock*".

O "*rock*" é como todos chamam certo *pub*, modinha entre os descolados.

Ao menos não é samba, você medita. Mas está sem vontade:

— Estou cansado.

— Marieta vem — uma das "ficantes" dele. — E vai trazer uma amiga.

Você decide ir.

Ao sair do prédio da empresa, você se põe a caminhar sobre a passarela que leva à estação do metrô.

A meio caminho, entrepara. Ao longe, sons de explosão. Vêm da direita, da avenida transversal à passarela.

Você se achega à amurada de metal. Tenta divisar algo. Aos poucos, avista uma multidão a se aproximar. Distingue homens de preto, com bastões de madeira nas mãos.

Os anarquistas.

Você retoma o caminho, apressa o passo. Ao chegar à estação do metrô, descobre que está fechada — mais cedo que o normal, talvez por causa dos protestos.

Há mais três estações ali perto — uma no largo, outra na praça em frente ao teatro e uma perto do mercado popular —, mas você desconfia que foram fechadas mais cedo também.

Sem alternativa, você se põe a caminhar pela calçada, na direção contrária ao protesto, rumo a uma estação a várias quadras dali, no bairro contíguo.

Atrás de você, continuam as explosões. O som diminui à medida que você se afasta.

A entrada do *pub* dá num *hall* externo, onde os fregueses podem fumar e conversar longe da música. Dentro, há dois ambientes: um com um balcão de bebidas e algumas mesas, e outro, mais adiante, com uma pista de dança.

Você passa pelo primeiro ambiente e entra na pista. Há menos fregueses que nas sextas e sábados. Você gosta disso: pode se movimentar sem se acotovelar com alguém a todo instante.

Após alguns segundos, localiza Jairo. Ele está de pé, a dançar *rock* — *Franz Ferdinand* — com duas garotas: uma loura de pele branca, *short jeans* e blusa tomara-que-caia — a ficante dele —, e uma morena de pele parda, calça brim e blusa de manga longa com decote — a amiga.

Jairo o recebe com um abraço, Marieta com dois beijos no rosto — e então lhe apresenta a amiga: Lucíola.

A garota estende a mão para um aperto. Você não enxerga nela muita empolgação. Talvez por percebê-lo, Jairo diz a ela, no que parece uma tentativa de melhorar sua imagem (fala alto, de modo que a voz se sobreponha à música):

— Ele é um intelectual, sabia? Tem um livro quase pronto.

Quase pronto... há cinco anos...

Lucíola dá um sorriso, mas continua a parecer apática.

Você se arrepende de ter vindo. Desconfia que terminará a noite no zero. Devia ter ido para casa.

Jairo e Marieta afastam-se para dançar.

Assim que você fica a sós com Lucíola, cai um silêncio — em contraste com o ambiente, onde as caixas de som reverberam agora uma canção do *Green Day*.

Decide tentar:

— Você sempre vem aqui?

Um segundo após, arrepende-se. Que pergunta sem imaginação...

Ela suspira, olhos ao redor, antes de dizer:

— Sim.

Novo silêncio. Você tenta de novo:

— Você estuda ou trabalha? ou os dois?

Ela o mira por um segundo, antes de relancear os olhos ao redor enquanto diz:

— Estudo.

Você tenta mais uma vez:

— Você quer uma cerveja?

Ela recusa com um meneio de cabeça, olhos ainda ao redor.

Antes que você possa refletir sobre o que falar ou fazer, ela crava os olhos em algo.

Em *alguém*, na verdade: um rapaz, que passa ao seu lado e a abraça.

Sorrisos e cumprimentos de quem já se conhece.

Lucíola passa a conversar com o rapaz. Esquece-se de você, como se você jamais houvera estado ali.

Você já está acostumado. Na vitrine de loja que é o Rio de Janeiro, todos estão expostos, à venda, para que alguém decida comprar ou não. Algumas vezes não se é comprado.

Sem se despedir de Jairo, você sai.

Na calçada, liga para Mainara.

6

Enquanto, de pé e de cueca, você contempla pela janela a construção abandonada, amaldiçoa-se em silêncio pelo que vai gastar com o quarto do motel. A continuar assim, ficará sem dinheiro em poucas semanas. Os pensamentos são interrompidos por um ruflar de asas à sua esquerda. Um pombo cinzento acaba de pousar sobre o parapeito da janela. Não parece ter medo; ao contrário: mesmo a uma distância menor que seu antebraço, não faz menção de voar; queda-se ali, a fitar, com olhos alaranjados que por algum motivo lhe trazem memórias há muito esquecidas... memórias do primeiro lar de que se recorda, em Fortaleza...

No jardim, você e o irmão gostavam de plantar tudo que podiam: feijão, alho, cebola... Um dia plantaram uma melancia — para desespero da mãe, quando a planta cresceu, rasteira, e sufocou os caules das roseiras.

Um dia decidiram criar formigas. Encheram de areia um pote de vidro, usado para guardar bolachas, e colocaram algumas formigas dentro; deixaram uma fresta na tampa, para ventilação. Os insetos acabaram por fazer um formigueiro ali. Pelo vidro transparente, você e o irmão acompanhavam as carreiras, por onde as formigas carregavam pedaços de folhas que os dois punham todo dia.

Uma manhã encontraram um gato a miar na frente do portão. Levaram-no para dentro, adotaram-no, afeiçoaram-se-lhe — até que no fim do dia, ao chegar do trabalho, a mãe ralhou; não podiam ficar com ele, animais sujam, arranham, atrapalham a ordem da casa! Sem ligar para suas lágrimas e às do irmão, ela apanhou o gato, entrou no carro e o abandonou num matagal, bem longe.

Você, o irmão e as duas irmãs gostavam de subir no muro para espiar os jardins dos dois vizinhos — até que os latidos dum pastor alemão, num deles, e de um *doberman*, no outro, forçavam-nos a descer antes que os donos da casa os flagrassem.

À noite, os quatro faziam hora, na calçada. Tudo deserto: a casa de seus pais e a dos dois vizinhos eram as únicas numa distância de quilômetros; ao redor, só matagais, mangues e terrenos baldios; aqui e lá o farol dum carro solitário que passava. Ali fora imitavam cenas das novelas do momento, contavam histórias, falavam do colégio... Às vezes sentavam no meio-fio, à espera duma estrela cadente — as estrelas então visíveis, no ar límpido; bastava cair uma que se erguiam, abriam os braços e cada um fazia em silêncio um desejo.

Um dia um dos vizinhos começou a criar um galo. O cocoricar da ave acordava você de manhã. Era bom nos dias úteis, quando precisava ir à escola; nos fins de semana, impedia-o de dormir até tarde. Reclamou com os pais, que não levaram a sério.

— Acordar cedo todo dia é bom — disse o pai. — O sucesso não pertence a quem dorme muito.

A doméstica, que viera do interior, tentou consolá-lo:

— Lá no meu interior, quando o galo canta, todo mundo fica feliz.

— Por quê?

— Quando o galo canta, significa que a noite acabou. E as assombrações, alma penada, lobisomem, curupira, tudo se esconde, com medo da luz do dia.

Você passou então a gostar do galo do vizinho. Ficou até triste quando depois de alguns meses não o ouviu mais cantar — será que tinha terminado na panela?

Naqueles tempos sua família saía pouco: os pais com pouco dinheiro devido à inflação, a despensa sempre cheia para compensar a remarcação constante dos preços, que em dado momento se tornou diária. Você tinha vaga noção disso, a partir das discussões entre o pai e a mãe:

— Com essa lista de supermercado toda semana não tem dinheiro que dê, mulher.

— É só não pagar cerveja para todo mundo, que dá.

A diversão muitas vezes ocorria em casa mesmo, nas sextas à noite, quando os colegas da repartição dos pais apareciam. Sentavam-se todos nos bancos de pedra do jardim. Saía cerveja *Brahma München* para os adultos, Grapette para as crianças, caranguejada na panela, caldeirão para todos. As crianças logo iam dormir; os adultos continuavam madrugada adentro — mais tarde alguns iam embora, e os remanescentes amanheciam dormindo sobre os bancos.

Pouco a pouco a situação financeira dos pais começou a melhorar. No passadiço do jardim, o qual servia de garagem a céu aberto, o Fusca deu lugar a um Corcel II, depois substituído por um Monza. Nas noitadas de sexta, o pai trocou a *Brahma München* por uísque *Natu Nobillis*. Compraram uma vitrola e logo tinham uma coleção de LPs: seresta e bolero, para o pai; Roberto Carlos, para a mãe; as novíssimas bandas nacionais de *rock*, para as irmãs; e músicas infantis, para você e o irmão.

A rua começou a mudar depois da construção dum *shopping* ali perto. Em poucos anos iriam aparecer outras residências, concessionárias de carros, restaurantes... Mas você não veria sua rua se urbanizar: tão logo a situação financeira dos pais permitiu, mudaram-se para um apartamento em bairro nobre.

*
**

As recordações são interrompidas por novo ruflar das asas do pombo. A ave acaba de alçar vôo.

Atrás de você, um som. Você se vira e, pela divisória de vidro que separa o quarto do banheiro, contempla Mainara. Ela acaba de abrir o *box* do chuveiro e, nua, enxuga-se com uma toalha branca. Você vai até a beirada da cama mais próxima da divisória. Pega uma taça com vinho no criado-mudo e se senta no colchão. Fica a contemplar Mainara, que só precisa enxugar o corpo — os cabelos secos e a maquiagem intacta, de modo a evitar perguntas dos pais quando chegasse em casa.

Você não enjoa de contemplá-la, desde a primeira vez em que ali, naquele mesmo motel, ela, então com 17 anos, idade escondida pelo documento falso, despiu-se para você pela primeira vez — as pernas e os glúteos grossos, uma surpresa numa garota que fazia mais o estilo *mignon*.

Após alguns minutos, ela abandona a toalha sobre a pia e joga para trás os cabelos — louros, lisos, divididos em duas bandas por um caminho de piolho. Ela sai do banheiro; a meio-caminho, dá com os olhos em você, através do vidro, e sorri — um sorriso de dentes brancos e limpos que lhe delineia as linhas das bochechas, cujas marcas de cravos e espinhas remanescentes da adolescência ela tenta esconder com maquiagem.

Fora do banheiro, Mainara recolhe as peças de roupa dela, espalhadas pelo chão — sutiã, calcinha, minissaia, cinto, blusa *baby-look* — e começa a se vestir, com o cuidado de ficar diante de você (ela sabe que você gosta de olhar; sabe mais sobre você do que qualquer outra pessoa que lhe conhece).

— E a faculdade? — você pergunta, enquanto ela veste a calcinha branca transparente.

(na primeira vez, há oito meses, você torcia para que ela fosse loura natural; mas não se ganham todas)

— Tô achando o segundo semestre melhor que o primeiro.

Ela veste o sutiã branco, depois a minissaia; enquanto afivela o cinto, pergunta:

— Quando você vai visitar teus pais?

— No Natal.

— Só? Não acha que devia ir antes?

— Eu tenho que... — como explicar? como lhe dizer que precisa mirar à frente na vida? — Fazer umas coisas.

Ela começa a vestir a blusa:

— Ler?

Você anui com a cabeça. Ela pega no chão duas sandálias, senta-se na poltrona erótica à frente da cama e começa a calçá-las:

— Por que você estuda tanto, afinal? Já não tem emprego concursado?

— Pra alguns, isso — (*você nunca está satisfeito*) — não é suficiente.

Após calçar as sandálias, ela se ergue e as firma de encontro ao chão, um pé de cada vez.

Então, ela se debruça sobre você e lhe beija — um beijo que o transporta para longe, longe do Rio, longe da vida que tem levado nos últimos anos — um beijo que parece lhe dar o que tudo ao redor lhe nega...

Mantendo os lábios perto dos seus, ela estende uma das mãos e apanha uma bolsa preta sobre o criado-mudo. Então, retesa-se e se deixa ficar ali, à sua frente, a fitá-lo.

Por alguns segundos, você se limita a mirá-la também; como das outras vezes — na esperança de ouvir as palavras que almeja escutar desde que saiu com ela pela primeira vez:

Não precisa pagar.

Essas palavras no entanto não saem. Ela se queda ali, olhos em você, com um sorriso, enquanto enrola com as mãos alguns fios de cabelo que lhe caíram à frente dos ombros.

Como das outras vezes, você aceita a derrota. Pega sobre o criado--mudo a carteira e tira dela algumas cédulas, que entrega nas mãos dela. Ela agradece, lhe dá um selinho e sai do quarto.

Você fica ali, sentado, os olhos na porta de vidro do banheiro, através da qual enxerga a banheira, ainda cheia, as beiradas molhadas por alguma água que se esparramou.

Você espalha a vista pelo quarto: na cama, as cobertas desfeitas; no chão, dois preservativos usados; sobre o criado-mudo, um cinzeiro com as baganas dos dois cigarros que você fumou, o odor ainda a empestar o ar, misturado ao de maconha — Mainara sempre fumava um *beck* antes; "a única droga que eu uso", disse da primeira vez, como a tentar contornar a reprovação em seu rosto quando você a viu tirar a substância dum compartimento oculto no pingente do colar, o papel de cartão para a piteira e a seda para o cigarro propriamente já a postos sobre a cama.

Enquanto toma goles da taça de vinho, você pensa na vida que tem levado nos últimos anos.

Quando poderia ter imaginado que algum dia viveria desse jeito? Bebida, cigarros, sexo pago com uma garota mal saída da adolescência...

Quando poderia aliás ter imaginado que o sexo seria uma parte tão importante de sua vida? Quando poderia ter imaginado isso, naqueles primeiros dias de descoberta, que até há pouco já pareciam uma outra vida — mas cujas lembranças agora voltam, vívidas como se ocorridas ontem?

Aqueles dias na casa do tio, onde você e seu irmão costumavam passar alguns fins de semana...

Sem a supervisão dos pais, o tio a dormir metade do dia, na outra a sair com as várias namoradas, tinham a casa toda para vocês.

Numa salinha que funcionava como escritório, havia uma estante cheia de livros e de gibis. O irmão não se interessava, preferia jogar *Atari*; já você, ficava horas e horas ali. Leu o que havia da Turma da

Mônica; depois do Pato Donald; mais crescido, passou aos livros: Júlio Verne, Sidney Sheldon, Agatha Christie, romances de espionagem, *thrillers* políticos, livrinhos de *cowboy*...

Até que um dia encontrou, escondida na última gaveta duma escrivaninha, uma coleção de revistas de nus femininos. Naquele dia, e em vários seguintes, às escondidas do irmão, folheou as revistas por horas, excitado com o novo mundo que se abria — o mundo que, reflete agora, enquanto toma o último gole da taça de vinho, tornou-se um de seus vícios.

Você fecha os olhos e aperta a taça vazia, como se quebrá-la o fosse libertar da prisão que ergueu para si mesmo.

Por que vive assim? O que lhe falta, para que você precise de vícios? O que busca?

Qual o propósito de minha vida?

7

Na manhã seguinte, na empresa, você nem sentou na cadeira ainda quando Hipólito lhe chama à sala dele.

— A partir de agora — ele diz — você vai atender, com exclusividade, o diretor de Refino.

— "Exclusividade?"

— Edgar disse que o diretor gostou do seu trabalho. Só quer ser atendido por você agora.

Você sorri, certo de que Hipólito irá acompanhá-lo. Engano.

— Tá rindo de quê!?

— ...

— Acha que eu não sei o que você fez?

— ?

— Aproveitou minha ausência pra se promover junto ao diretor.

— Eu não—

— *Cal´a* boca!

— ...

(quando o chefe manda, é baixar a cabeça e obedecer)
— Dessa vez você ganhou. Só dessa vez...

**

— Ambição — diz Edgar, antes de pôr na boca, numa garfada, um pedaço de rabada ao agrião. — Essa deve ser a base de qualquer projeto de vida. Você gosta do que escuta. Ambição não é o que sempre o conduziu na vida? Você se lembra de Edvaldo:

— *Você nunca está satisfeito. Afinal, o que você busca?*

Você ingere uma garfada de arroz enquanto Edgar, após um gole de vinho duma taça, diz:

— Crescer. Sempre. Não pensar senão nisso. Agora...

Ele interrompe a fala e, os olhos num homem de paletó e gravata que passa pela mesa, ergue-se da cadeira. O outro o reconhece, pára; apertam-se as mãos.

Você reconhece o homem de fotos nos jornais: um dos maiores empreiteiros do país.

— E a licitação para as plataformas? — ele pergunta a Edgar. — Confirmada?

— Como não? Está anunciada faz meses.

— Eu sei, é que... — o empreiteiro o espreita, aproxima-se mais de Edgar e lhe diz algo que você não escuta.

Edgar sorri e toca o ombro do outro:

— Não se preocupe com isso. Quantas vezes não tentaram criar problemas para nós? Vamos dar um jeito.

O empreiteiro sorri:

— Bom saber.

Ele se despede, dá meia-volta e se afasta rumo às bandejas de prata do *buffet*, junto às quais os demais fregueses se servem.

Há meia hora ali, você já reconheceu nalgumas das mesas dois diretores da empresa em que trabalha, o presidente da Associação das

Indústrias do estado e um banqueiro listado por uma revista de negócios como um dos homens mais ricos do mundo. Aqui, neste restaurante, no terceiro andar dum edifício empresarial no centro da cidade, você se sente parte dum mundo exclusivo. O Rio de Janeiro não lhe parece mais tão ruim.

Edgar se senta de novo e retoma a conversa:

— Agora, você sabe como ter o que se almeja? Como obter o fim procurado? seja ele dinheiro, posição ou poder?

— Com trabalho e estudo.

Edgar gargalha; você tem que esperar até ele comer outro pedaço de rabada para saber o motivo:

— Passe por um ponto de ônibus às seis da manhã. Vai ver ali gente que trabalha muito.

Você aproveita enquanto ele limpa a boca com um guardanapo de seda e pergunta:

— E o estudo?

Edgar meneia a cabeça:

— Pegue os melhores alunos duma turma de faculdade. Veja aonde a maioria chega.

— Edgar — é a primeira vez que o chama pelo primeiro nome —, se o caminho pro sucesso não é nem trabalho nem estudo, qual é então?

O outro se debruça sobre a mesa:

— Fazer o que for preciso.

Você tira os cotovelos da mesa e abre os antebraços, os lábios contraídos numa interrogação silenciosa. Edgar continua:

— Para ter sucesso, é preciso fazer o diabo para alcançar o fim pretendido. Sem ligar para as regras que limitam os demais.

— Mas e a moral? E a lei? Elas não devem ser seguidas?

Edgar se recosta na cadeira:

— Claro... é claro que sim — ele estava arrependido da franqueza de há pouco? — Só quis dizer que o homem de sucesso não se enreda nos entraves; ele os supera.

Não parece ser isso o que ele tentou dizer. Mas você prefere não replicar. Edgar enche a taça com os últimos resquícios de vinho, antes de dizer:

— Olha, eu vou te ajudar no que eu puder... Para você conquistar o que merece.

Você não sabe o que dizer. Está lisonjeado que um homem tão importante queira lhe ajudar; mas ao mesmo tempo sente que talvez não esteja à altura.

Como se lesse seus pensamentos, Edgar diz:

— Não se diminua. Você tem potencial — ele ergue a taça. — Ao teu sucesso.

Brindam. Você sente que uma nova fase de sua vida começa.

8

Sentado no chão da sala de estar, Jairo começa a tocar um sambinha no violão.

Sentado numa poltrona, você não reconhece de imediato a canção. Mas sabe que logo o fará: Jairo só toca canções conhecidas — e dentre elas somente aquelas de execução difícil o suficiente para encantar os ouvintes, mas não a ponto de impedir um amador empenhado de conseguir executá-lo. Nele tudo só ia até este limite: o necessário para impressionar.

Você reconhece a canção quando, daí a instantes, Jairo começa a entoar:

Caía a tarde feito um viaduto
E um bêbado trajando luto me lembrou Carlitos

À medida que ele canta, Paulo Sérgio, sentado num *puff*, acompanha-o, em voz baixa.

Kalina está na cozinha, ao fogão; veio da ginástica, e está vestida num *collant que* lhe ressalta as pernas, trabalhadas pela *yoga*, pelo boxe e *crossfit;* ela tem o tipo de corpo que você só viu até hoje nas mulheres cariocas: magro, mas com massa muscular — a musculatura a se sobressair em meio às reentrâncias da pele. *Sexy*, embora estranho.

Sentado num dos dois sofás, o marido de Kalina, Astor, limita-se a escutar a música.

Dionísio, sentado no mesmo sofá que Astor, não tira os olhos de Jairo. Você desconfia do motivo: ele sempre fica tenso quando algum outro se torna o centro das atenções. Há um limite na roda sobre quanto alguém pode brilhar — uma linha que termina onde começa o brilho de Dionísio.

Você não se espanta então quando Jairo termina o último acorde e Dionísio já se ergue:

— Hora de Leminski.

Dionísio sempre dava um jeito de recitar poemas — era o modo de impedir os outros de ganhar muito espaço.

Ele começa a recitar, enquanto caminha dum lado a outro da sala, com o cuidado de não esbarrar nos terrários da mesa de centro; aqui e ali pára em frente a Jairo (talvez para ter certeza de que o impressiona). Caminha de modo destrambelhado, exagerado — o que desperta risos — enquanto recita:

Um homem com uma dor
É muito mais elegante
Caminha assim de lado
Como se chegando atrasado
Andasse mais adiante

Da primeira vez em que você assistiu à *performance*, considerou-a espontânea. Contudo, tendo-a visto outras e outras vezes, compreendeu o quanto há de estudado naquilo: os gestos, a impostação de voz, o olhar pela plateia, os movimentos cômicos — tudo parece feito para estampar um retrato de intelectual alternativo, do tipo "nem aí", irônico, niilista, *indie...*

Será que não ocorre a Dionísio o quanto tudo mudou desde que haviam sido adolescentes, na década de 1990? que hoje em dia desqualificar e ironizar tudo não é mais um traço distintivo de quem se pretende descolado? que no fundo a *performance* irônica dele é uma ofensa ao poeta que diz admirar?

Carrega o peso da dor
Como se portasse medalhas
Uma coroa, um milhão de dólares
Ou coisa que os valha

Basta olhar ao redor, claro, para concluir que o personagem não corresponde ao verdadeiro Dionísio. Que alternativo mora num dos bairros mais caros do Rio? — contradição aliás de que o próprio parece ciente, ao sempre dizer à maioria que mora no bairro contíguo (de imóveis mais baratos devido à ausência da vista da lagoa). No mais, que há de alternativo num apartamento com geladeira de *display* digital, luminárias industriais pendentes e almofadas de tricô?

Você tenta se recordar do quê (ou de quem) Dionísio lhe lembra. Não consegue.

Quão árduo deve ser — você pondera — viver num personagem!

Ópios, édens, analgésicos
Não me toquem nessa dor
Ela é tudo o que me sobra
Sofrer vai ser a minha última obra

Dionísio acaba de recitar este último verso, os demais na sala desatam a rir — Paulo Sérgio às gargalhadas —, quando Kalina sai, uma travessa nas mãos, e anuncia o jantar.

Enquanto, em duas viagens, ela coloca as travessas sobre a mesa de mármore branca, você e os demais tomam os lugares à mesa, os pratos de cerâmica e os talheres *vintage* de prata já dispostos desde o início da noite.

Kalina fez comida mexicana: *tacos, burritos* e *quesadillas*, a carne substituída por proteína de soja. De bebida, cerveja artesanal.

A comida surpreende: é boa — embora, claro, não tão saborosa quanto a versão carnívora.

Enquanto comem, conversam sobre vários assuntos: séries recém--lançadas em *streaming, shows* de música por acontecer, peças de teatro em cartaz...

Kalina comenta então as últimas notícias sobre aquecimento global: a Organização das Nações Unidas informou que os esforços dos governos para mitigar as emissões climáticas não bastam; elas vão continuar a crescer até 2030; a temperatura mundial média até 2019 deve se tornar a maior de qualquer período de cinco anos já registrado na história.

— Quando os negacionistas vão admitir que o aquecimento global é causado por ação humana? — ela pergunta.

Os demais concordam — você entre eles, embora saiba que a questão é mais complexa: mesmo entre os cientistas não há consenso sobre a questão levantada por Kalina; o que é certo, sim, é que empresas de petróleo poluem o meio ambiente — no entanto isso não impede Kalina, ativista ambiental nas horas vagas, de trabalhar numa.

Durante a sobremesa — *brownie* de feijão —, Dionísio vez que outra se põe a falar de política, numa estratégia que você já conhece: preparar a roda para um assunto sobre o qual ele já veio disposto a falar.

Ele entra no assunto depois da sobremesa, todos sentados a uma mesa de *pallet* na varanda *gourmet*.

— A elite nunca vai aceitar um governo popular — ele diz, antes de tirar uma baforada dum charuto cubano.

Os demais concordam, entre uma e outra xícara de café *blend*.

(alguém já discordou de Dionísio alguma vez na roda? você não lembra)

Ele continua:

— O jeito é a revolução — você lembra de Edvaldo. — Invasão de terra, de prédio. Não tem que fazer concessão à elite.

Dali a minutos Dionísio está a defender os anarquistas:

— É pra quebrar tudo mesmo!

Os demais concordam.

E você?

Será esse o caminho? A violência?

Você acredita que não, mas fica calado enquanto Dionísio continua a falar em defesa duma revolução comunista. As palavras dele alternam-se com baforadas do charuto, a fumaça a se espraiar de alto a baixo, dos bancos de madeira em que se sentam até às luminárias metálicas do teto, do *garden sit* até aos armários ao lado da churrasqueira, do *deck* de madeira ao topo da porta de vidro que, na parede de tijolinhos, separa a varanda da sala.

Quando Dionísio começa a falar de Zizek, você deixa de prestar atenção. De repente tem a impressão de que é diferente dos demais ali...

Sem dar atenção à fala de Dionísio, limita-se a seguir com os olhos a fumaça das baforadas de charuto, a qual, já tendo empesteado a varanda, sai através da cortina de vidro descerrada rumo à lagoa, antes da qual desaparece em meio à luz translúcida que, emanada do reflexo do luar nas águas, parece impregnar o ar com uma atmosfera de sonho e incerteza.

Mais tarde, você está a meio quarteirão de seu apartamento quando avista o mendigo, recostado ao mesmo poste que anteriormente.

Você está disposto a ignorá-lo de novo.

No entanto, por algum motivo, põe os olhos nele. Sente-se tentado a ajudar; chega a parar e apalpar algumas moedas no bolso da calça *jeans...*

...até que enfim desiste e retoma seu caminho.

Em casa, você toma um gole de cerveja (a terceira *long neck* desde que chegou), morde um pedaço dum *cheeseburger* num pratinho à frente (o segundo depois do jantar), traga do cigarro.

Deixa-se ficar na cadeira, cerveja numa mão, cigarro na outra, olhos na parede. Sem sono, mas também sem energia. Sem nada pelo que lutar.

9

Sábado de chuva. Você passa o dia a ver filmes de terror. Nos últimos meses aliás algo o compele a histórias sombrias: crimes, monstros, possessões demoníacas... Reflexos do que lhe vem n'alma? De onde vem esta sensação de que algo lhe pesa sobre os ombros? Ou pior: de que há algo em você que precisa vir à tona?

Domingo já pelo meio, e você continua deitado. Imerso em lembranças; lembranças da infância, da adolescência, dos tempos de universidade...

Rostos há muito esquecidos lhe voltam à mente... rostos daqueles que cruzaram com você ao longo da vida — alguns por pouco meses, para desaparecerem para sempre. Em cada um uma possibilidade perdida: uma amizade que talvez durasse até hoje, um novo rumo na carreira, um amor de toda a vida...

Você tenta reprimir essas memórias. Qual o sentido de olhar para trás, quando a estrada à frente está cheia de declives e elevações, que nos demandam atenção?

As lembranças no entanto persistem. Para você é como se o trecho da estrada à frente estivesse imerso nas trevas as mais sombrias, e o de trás iluminado por mil sóis. Aquilo que ocorreu há anos lhe consome e preocupa mais que o dia de hoje, ou de amanhã; alguns fatos e pessoas se apagaram — mas outros continuam em sua memória, como morcegos numa caverna marcados a ferro quente.

Como lidar com isso? Como lidar com sentimentos e memórias arraigados dentro de nós há tanto tempo que parecem ter se impregnado em nossa personalidade?

Talvez a saída seja se apossar do passado. Mas como fazer isso?

Como segurar o passado nas mãos e moldá-lo, tal qual faz o artista a uma escultura? como lhe corrigir as imperfeições, lhe aparar as arestas, lhe enrijecer a consistência?

Como modelar o passado, de modo a torná-lo como deveria ter sido? e assim tornar menos doloroso o presente?

Deitado na rede na varanda, você é assolado por esses pensamentos enquanto contempla a cidade à frente.

A luz do sol a pino resplandece no vidro das janelas dos prédios mais próximos e ofusca seus olhos. A custo você consegue avistar ao longe os morros circundantes, em cujas encostas se veem aqui e ali alguns pontinhos brancos — uma casinha, um sobrado ou uma ermida.

Seus olhos se desviam então para um pombo. A ave acabou de alçar vôo dalgum telhado, rumo às nuvens; ela passa pela sua varanda, continua a subir, a subir, até que algo ocorre: outra ave — um gavião? — prende-o entre as garras e desaparece com ele.

Você reflete sobre como a algumas aves é permitido que voem sem medo, enquanto a outras o perigo está sempre à espreita.

De súbito, gritos à altura da rua lhe chamam atenção.

Você se ergue da rede, achega-se à amurada gradeada e leva a vista para baixo.

Na quadra de esportes dum colégio em frente, crianças jogam futebol de salão. Parece ser um campeonato entre turmas.

Você costuma ver os alunos daquele colégio quando passa ali em frente, nos dias da semana, a caminho do metrô.

Às vezes, ao passar por ali, lhe revolvem na mente os tempos de colégio.

O colégio... para muitos, os melhores anos da vida.

Não para você...

Na verdade, até que gostara do primeiro colégio, o de freiras. Apreciava as aulas de Educação Religiosa — quando seu interesse por narrativas começou —, as de Português — o melhor aluno, a arrancar em cada redação elogios da professora —, as de Moral e Cívica — o patriotismo fervoroso na infância, mas por algum motivo abandonado após adulto. Também gostava dos desfiles nas datas militares, de entoar o hino nacional todas as quartas-feiras, de comer hóstias no recreio e depois jogar os farelos para os peixes na fonte d'água, no pátio.

Tudo mudou quando, após os pais se mudarem para um bairro nobre, você, o irmão e as irmãs se transferiram para um dos melhores colégios da cidade, a três quadras do novo apartamento. Começavam ali os anos mais entediantes de sua vida — e os piores, você considerava, até que o período no Rio conseguiu superá-los.

Como se animar com as longas, arrastadas aulas? com a rotina assemelhada à de um quartel militar, com uso obrigatório de uniforme, hora de início e término das aulas, hora do recreio, regras de conduta...

Tudo isso existia no colégio de freiras, mas por algum motivo só passou a incomodar na nova escola... talvez porque, à medida que crescia, passava a sentir o desejo de alargar o campo de ação, de aprender novos assuntos, desenvolver novos interesses... e o colégio dalgum modo parecia atrapalhar.

Hoje você sabe que os anos no segundo colégio marcaram o momento de desajuste. O momento em que você soube que era *diferente*; que não vivia nas linhas comuns aos demais, nem viera ao mundo para isso. Essa aliás a lição de maior valor que a escola poderia ter lhe ensinado, não fosse você jovem demais para aprender.

Ao tédio do estudo se juntou a dificuldade de exercê-lo, conforme as disciplinas se tornavam mais técnicas. A Matemática, cujas lições da regra de três em diante você já tinha como inúteis, converteu-se em uma obscuridade, com raízes quadradas, logaritmos, equações e centenas de regras que jamais aprendeu. O mesmo com Geometria, Química, Biologia, Física... Até o Português, de que tanto gostara no colégio de freiras, reduzira-se à Gramática — para você a pior parte da língua (talvez porque aquele amontoado de regras fixas lembrasse dalgum modo a Matemática...)

Só gostava mesmo de História e Geografia — as únicas disciplinas que pareciam tratar do mundo real — e das aulas de Literatura (era o único aluno que gostava de ler os livros e preencher as fichas de leitura).

Seu desinteresse pelos estudos não tardou a se refletir em notas baixas. Você não ligava. Já seus pais...

— Você não terá futuro se não estudar — dizia o pai.

Você nada respondia. O pai estava certo, dentro da lógica dele; a sua era outra.

Para dar vazão ao que a escola não supria, você passou a se refugiar nas histórias em quadrinhos de super-heróis. A ideia de que fosse possível escapar da vida mundana e se lançar na aventura com uma simples troca de roupas o fascinava, como evasão.

— Ele vive em outro mundo — reclamava o pai com a mãe, quando achavam que você estava longe demais para ouvir.

— Ele é uma criança — dizia a mãe. — Crianças gostam de histórias.

— Historinhas não dão dinheiro pra ninguém. Ainda mais de

super-herói; quem liga pra essa besteira? Você ignorava os comentários. Não se importava de viver em outros mundos, desde que melhores que aquele vislumbrado pelas lentes do colégio. Você tentava perceber nos colegas de turma um centésimo do tédio que sentia. A maioria no entanto parecia aceitar de bom grado o amontoado de informação dispensável despejada todos os dias, bem como os horários e os regimentos de caserna. Entrevia ali, em semente, o que compreenderia em plenitude depois: a maioria das pessoas prefere ser conduzida do que trilhar o próprio caminho.

Havia exceções, no entanto, e foi delas que se tornou amigo: Roberto. Magricela, agitado. Gostava de vestir preto. Apreciava música *new age,* filmes de terror e *Wicca*. Aparecia em sala muitas vezes com olheiras e olhos avermelhados, as notas mais baixas a cada ano.

Felipe. Rechonchudo. Usava pochete na cintura e cabelo partido ao meio. Estudava desenho, e as charges que fazia dos professores durante as aulas lhe valiam constantes idas à sala da supervisão. Gastava toda a mesada em *graphic novels.*

Conrado. Alto, do tipo que precisa se abaixar para atravessar as portas. Tinha cabelos compridos e barbicha. Gostava de vestir camisa xadrez, bermudão e botas militares. Estudava violão e guitarra; nunca deixava de comprar, na banca numa das esquinas do quarteirão em frente ao colégio, as últimas edições das revistas *Bizz, Backstage, Top Rock...*

Frequentavam a casa uns dos outros, assistiam no videocassete a filmes americanos — suspense, ação, terror —, emprestavam-se fitas-cassete, LPs, CDs, periódicos de cinema e música, discutiam por horas a fio quais as melhores bandas, dentre as preferidas de cada um: *The Cure* (Roberto), *Genesis* (Felipe), *Nirvana* (Conrado) e *Dire Straits* (você). Em dias de prova, sem aulas, iam ao clube perto do colégio para jogar basquete e comer sanduíche.

No segundo grau, os programas mudaram.

Iam às sextas e aos sábados a *shows* de música *axé*, num clube perto. Iam à noite e voltavam de madrugada, a pé, no bairro então seguro. Antes, faziam a base na casa de Felipe, cujo pai, divorciado, costumava passar algumas noites na casa da namorada. Bebiam cachaça, e, quando o dinheiro dava, conhaque; fumavam cigarros, a maior transgressão que um grupo de *geeks* podia conceber à época — embora você só conseguisse dar uma ou duas tragadas, antes de começar a tossir, ter ânsia de vômito e desistir.

Ao passo que o ensino médio avançava, novos interesses despertavam.

Conrado aprendeu a tocar guitarra, montou uma banda *grunge*, queria ser roqueiro.

Você e Felipe começaram a correr, entraram pro time de atletismo do colégio. O outro se dedicou com obstinação, emagreceu, cogitou ser atleta profissional; mas acabou por desistir, convencido de que uma carreira no esporte é para poucos.

— As melhores carreiras são para poucos — você lhe disse, numa tentativa de fazê-lo persistir.

— Nós não estamos entre esses poucos.

"Eu estou", você pensou, mas nada disse.

No penúltimo ano antes da formatura, Roberto começou a chegar nas aulas descansado; as notas dele aumentaram. Ninguém sabia de onde viera a motivação para a mudança; mas no último ano ele lhe confessou: estava em tratamento psiquiátrico, após ter sido diagnosticado com algo chamado Distúrbio de Déficit de Atenção.

— O que é isso? — você perguntou.

— É algo que impede que eu me concentre.

O médico havia prescrito uma droga chamada Ritalina, que, segundo Roberto, devolvera-lhe a concentração:

— É o remédio do momento lá nos Estados Unidos.

Você também, aos poucos, parecia encontrar um caminho — e ele estava na literatura. Você lia todos os livros recomendados nas aulas, além de outros que pegava na biblioteca do colégio e mais alguns que alugava numa livraria recém-aberta, perto de seu prédio.

Conforme lia os livros, tentava incorporar o estilo dos escritores nas redações. Arrancou elogios da professora ao escrever em estilo impressionista após ler Raul Pompéia, ou em estilo lírico após a leitura de Rubem Braga, ou em estilo picaresco após Manuel de Antônio de Almeida.

(decepcionou-a no entanto quando, após ter lido Rubem Fonseca, descreveu um homem cometendo suicídio, "os miolos espalhando-se pela parede, ensanguentando-a"; *o que é isso!?* — anotou a professora na sua redação)

No último ano do colégio, você decidiu ser escritor. Um romancista, na verdade. Decidiu por isso prestar vestibular para Jornalismo — a única faculdade, avaliava, que poderia lhe ajudar a escrever bem; e que de quebra poderia viabilizar um emprego, até que conseguisse se manter como romancista.

Motivou-se então a estudar. Passava as tardes e parte da noite debruçado sobre as apostilas preparatórias. Os amigos não o acompanhavam no ritmo:

— Relaxa — dizia Roberto, do outro lado do telefone com fio. — Vem pra cá. *Vamo'* ver *Arquivo X*, eu faço pipoca; comprei aquelas de micro-ondas.

Não ia.

Os pais não aprovaram a escolha da faculdade ("jornalismo não dá dinheiro"), mas estavam orgulhosos de vê-lo estudando de verdade. Uma alegria a mais para eles, naquele ano em que a inflação foi afinal contida, a família agora mais relaxada com dinheiro — com mais passeios em restaurantes, idas ao cinema, à praia —, o Brasil rumo a uma nova época.

No fim do ano, passou no vestibular para Jornalismo. Aguardava-o um futuro como escritor.

Ou ao menos assim você pensava...

Você desvia os olhos do jogo de futebol e os lança ao redor, sem prestar atenção em nada. Imerso em lembranças.

Só aos poucos retorna ao presente. Então esfrega os olhos, como se acordasse dum sonho.

De repente, escuta um baque, à sua direita.

Um pombo acaba de cair na varanda, ao pé da mesinha de madeira junto à qual você costuma beber cerveja nos dias de calor.

A ave está no chão, imóvel, a cabeça escondida sob uma das asas.

Você se aproxima, ajoelha-se, apalpa-a.

O pombo mostra a cabeça. Com cuidado você lhe abre as asas. Uma delas parece que está com um osso quebrado.

Você ainda tenta compreender o que houve quando escuta o trinado dum gavião.

Você coloca o pombo no chão, ergue-se e tenta localizar a ave de rapina. Não consegue. Sabe no entanto que ela está à espreita, à espera da presa de há pouco que dalgum modo conseguiu fugir.

Você tira o celular do bolso da bermuda e procura na *internet* por algum veterinário que atenda emergências.

Antes de dormir, você lê na *internet* um artigo de Osvaldo Albuquerque que faz você refletir.

O artigo trata da importância da tradição.

No texto, o filósofo argumenta que, por mais injusta que seja a sociedade, ela é resultado de relações sociais construídas. Essas relações criam arranjos produzidos aos poucos, de geração em geração, em resposta às necessidades humanas. A sociedade que deriva disso reflete o acúmulo das respostas humanas a questões que nos afligem — e esse acúmulo é o que chamamos de tradição.

Se tradição é isso, por que seria algo ruim? — você medita. Que há de ruim num "repositório de soluções", por assim dizer, muitas das quais já testadas ao longo dos séculos?

Será que as ideias em que você acredita há tantos anos estão erradas?

10

Dentro da boate, uma moça ruiva, vestindo somente calcinha, seios à mostra, executa no palco uma *pole dance*.

A plateia se limita a poucos fregueses, todos homens. Garotas perambulam entre as mesas e puxam conversa, na tentativa de persuadir alguém a pagar por um uísque, uma dança sensual ou sexo.

Em uma das mesas, você e Edgar bebem uísque com gelo.

Desde que chegaram, o outro se limita a contemplar a garota no palco e a beber. Mal conversa. Você percebe que os pensamentos dele estão longe dali.

Depois de alguns minutos, Edgar tira os olhos da garota e olha pra você:

— Você talvez não acredite, mas eu queria mesmo era ser músico.

— ?

— Aprendi piano cedo. Meu professor e meu pai me queriam no conservatório.

Você nem imagina por que Edgar começou com esse assunto, mas pergunta:

— E por que você não seguiu?

— Eu conhecia músicos; sabia como eles viviam: muito estudo, muita prática técnica, pouco dinheiro. Preferi a engenharia.

— Valeu a pena?

Edgar dá um meio sorriso:

— Não.

— Imagino que você tenha ganho dinheiro.

— Ganhei, mas... — ele toma um gole de uísque. — Estou perto de perder tudo.

Você arregala os olhos. Edgar continua:

— Eu achava que essa situação... seria como as outras. Mas essa investigação...

— Investigação?

— Ela é diferente. Nunca vi algo assim — ele toma outro gole da bebida e, antes que você possa perguntar por detalhes, diz: — Escute, não cometa meu erro. Se tiver um talento, dedique-se a ele.

Sem saber o que dizer, você põe os olhos nas mulheres que vagueiam pelas mesas. Elas se vestem com *shorts*, minissaia, vestido tubinho — roupas que lhes acentuam os atrativos. Usam maquiagem forte, o que, porém, não esconde as marcas de pele que lhes denunciam a baixa origem social. De todo modo, estão acima do que você pode pagar. E não só elas: o uísque também, assim como a lebre à caçadora que comeram num restaurante de carnes de caça antes de irem à boate. Mas a noite está por conta de Edgar.

Como você nada fala, Edgar toma a iniciativa:

— Você escreve bem. Já pensou em ser escritor?

— Sim — você se arrepende da resposta assim que ela sai de sua boca.

— O que te impede?

— Eu... estou meio acomodado. Sabe, emprego estável faz isso.

Edgar ri:

— Estabilidade? Você acredita nisso?

— Eu—

— Estabilidade é um mito, meu caro. Um mito criado para que ocultar a verdade que ninguém pode suportar.

— Que verdade?

Edgar bebe um gole e diz:

— A vida é como areia movediça. Fluida, instável, incerta. Não há chão firme sob nossos pés. Um passo em falso é a diferença entre o sucesso e o fracasso, a saúde e a doença, a virtude e o pecado.

Você pergunta a si mesmo se não teria dado esse passo em falso; ou se está prestes a dar...

— Você acredita em Deus?

A pergunta surpreende e você responde sem refletir:

— Não... — e se Edgar for religioso? Tenta corrigir: — Quer dizer, não penso muito nisso.

— Nem eu – você sente alívio, enquanto ele continua: — Mas eu acredito que algo, acima de nós, nos mostra o caminho a seguir. Nós é que nos recusamos a ver.

Você cogita dizer algo, mas se cala. Não gosta da conversa. Não consegue nem cuidar do próprio dinheiro — para que aumentar os problemas e começar a se preocupar com Deus, céu e inferno, anjos e demônios?

Edgar tira do bolso da camisa social uma caneta, pega um guardanapo dum porta-guardanapos sobre a mesa e escreve algo nele.

— Meu filho precisou fazer um trabalho de Literatura para a escola, — ele estende o guardanapo — e esse rapaz, professor de inglês dele, ajudou. Ele tem um grupo de estudos literários. Talvez te ajude a virar um escritor.

Você pega o guardanapo e lê o nome escrito: "Ismael".

— Eles são alunos do curso *on-line* do Osvaldo Albuquerque — diz Edgar.

Você entreabre a boca. Ao percebê-lo, Edgar ri:

— Acha que eu sou progressista? ou conservador? — ele meneia a cabeça. — Eu sigo a correnteza, meu caro. Como a maioria dos que buscam o poder.

Ele fica calado por alguns segundos, absorto em seu próprio mundo. Súbito, os olhos dele se umedecem:

— Eu decepcionei meu pai uma vez, quando não quis ser músico. Agora, vou decepcionar de novo... — um golfão lhe parece subir pela garganta. — Sem falar nos meus filhos.... Meu Deus, o que direi a eles?

Edgar suspira, enlaça as mãos e, olhos fechados, apoia-as no queixo.

Deixa-se ficar assim por alguns segundos. Até que abre os olhos, ergue até a testa a armação dos óculos e enxuga as lágrimas com as costas da outra mão. Refeito, acena para duas garotas, que vêm à mesa.

Ao contemplá-las, você deixa de pensar no que ocorre com Edgar, ou na essência da vida, ou na batalha entre conservadores e progressistas; tampouco pensa em Deus. Você só quer saber agora de, mais uma vez, como em tantas outras noites, saciar os apetites.

No motel, enquanto a garota que você trouxe da boate dorme, nua sob o lençol — Edgar e a dele a dormirem no quarto fronteiro, com uma divisória de vidro opaco a separar os dois cômodos —, você, nu também, pega a carteira de cigarros e o isqueiro sobre o criado-mudo e vai até o terraço a céu aberto.

Na borda da piscina, você acende um cigarro. Dá uma, duas, três baforadas. A fumaça é carregada pelas lufadas que vêm do mar, cujas águas estão escuras devido à ausência do luar; nuvens negras prenunciam tempestade.

Você mira o próprio reflexo nas águas da piscina. O vento borra a imagem, você tem dificuldade de reconhecer o próprio rosto, que parece se constituir só de fragmentos, sem unidade.

Você vai até a amurada. Na avenida abaixo, a luz solitária dum carro que passa; adiante, uma ribanceira desce até o mar, cujas ondas se quebram de encontro às rochas.

Você aguça os ouvidos, tenta escutar com mais precisão o barulho das ondas a se quebrarem. Cada baque cria seu próprio som, isolado; mas este se interliga ao seguinte, e este ao que vem depois, e assim por diante, de modo que os sons acabam por constituir numa sonoridade única, contínua; os fragmentos se tornam unidade.

De repente você se sente só.

(*há uma mulher em sua cama — por que se sente só?*)

Seus olhos marejam, sem que saiba o motivo.

Por alguma razão você se recorda do que Edgar lhe disse há pouco: *Se tiver um talento, dedique-se a ele.*

Você tem um?

Como saber? O que é talento, afinal?

Já pensou em ser escritor?

Será que ainda há tempo? de ser escritor? depois de ter perdido a primeira oportunidade? de ter se desviado do objetivo, na faculdade?

Lembra-se de como se entregou com todo empenho à faculdade de Jornalismo, as lembranças (e os amigos) de colégio relegadas ao passado.

Pegava emprestado livros na biblioteca, cujo prédio agregava os títulos comuns à maioria dos cursos de Humanidades. Seus preferidos eram os de literatura: Dostoievski, Melville, Fitzgerald, Hemingway; os brasileiros — agora lidos fora do colégio, em outra perspectiva: Graciliano, Machado, Alencar; também os ensaístas, sociólogos e historiadores, que lhe fascinaram de imediato: Sérgio Buarque de Holanda, Raymundo Faoro, Gilberto Freyre.

Também passou a ler crítica literária: Alceu Amoroso Lima, Afrânio Coutinho, Mário de Andrade... Compreendeu logo que a cultura literária seria o trabalho de toda uma vida.

Lia livros em casa, de manhã, e ia às aulas à tarde, de ônibus.

Nas primeiras semanas de curso, assistiu a uma palestra dum professor do curso de Informática sobre a *Internet* (ou *World Wide Web*). Ele explicou que se tratava duma rede virtual, não muito diferente das utilizadas em universidades e instituições militares — com a diferença de que aquela interligava os computadores do mundo inteiro, incluídos os particulares.

Você deixou de levar a sério a palestra quando o professor disse que em breve as comunicações iriam ocorrer de modo virtual, pelos chamados "*e-mails*", as cartas para sempre no passado. Com a evolução tecnológica seria possível anexar arquivos nesses *e-mails*, numa autêntica rede de trabalho. Mais para a frente seria possível transmitir vídeos e áudios e até mesmo realizar transmissões ao vivo, de modo que reuniões inteiras, aulas e até consultas médicas poderiam ser feitas de modo remoto.

Você teve que se esforçar para conter o riso. Aquele professor parecia ter visto muito *De volta para o futuro 2...*

Logo você fez um grupo de amigos, atraídos por interesses comuns ou afinidades:

Tércio. Magro, de cavanhaque, usava óculos redondos estilo *John Lennon*. Interessou-se por *design* gráfico — área em que arranjaria os primeiros empregos —, depois por cinema e, finalmente, após ler Huxley e Castañeda, por esoterismo.

Edvaldo. Cabelos compridos, barba de lenhador — antes que virasse moda —, *piercing* no nariz, rosto marcado por sulcos de cravos. Filiado a um partido progressista, defendia a revolução comunista, lia Marx o tempo todo.

Vânia. Olhos verdes, cabelos castanhos crespos cacheados em caracol. Gostava de calçar tênis *retrô* de cano longo. Lia de tudo, assistia a tudo, os interesses indo de artes plásticas até política.

À noite, depois das aulas, saíam para o botequim na esquina do *campus*, o ponto de encontro dos alunos do curso, de vários semestres. Ali falavam de literatura, jornalismo, filosofia — de tudo, enfim, numa época em que as meras palavras pareciam capazes de moldar o mundo a seus desígnios e projetos.

Às sextas, saíam do botequim e caminhavam pela avenida em frente à universidade. Entravam e saíam de barzinhos de *rock*, de outros botequins, às vezes das festas nos *campi* das faculdades de Economia e Direito, mais adiante; algumas vezes chegavam mesmo a ir a pé até o centro da cidade; ou pegavam um ônibus para a praia antiga, onde assistiam a *shows* nas casas noturnas perto do recém-inaugurado centro cultural; terminavam nalgum bar "fim de noite", abastecidos com panelada, pão com ovo e caldo de carne.

Para acompanhar a bebida você às vezes tentava fumar. Mas seu corpo continuava a resistir à nicotina. Bem que tentou: aguentava um ou dois cigarros, mais que no colégio; mas acabou desistindo.

Quando a faculdade ia pelo meio, e alguns começaram a estagiar pela manhã, as noites tiveram que ser encurtadas. O *point* mudou então para uma lanchonete em bairro nobre, os sanduíches de molho de mostarda sofisticados, mas a preços acessíveis, os horários agora mais compatíveis com o acúmulo de trabalho e estudo.

Em casa, você se esforçava para aprender a usar o computador com CPU que o pai comprara para a família. Havia tido aulas de datilografia no colégio, em máquinas de escrever, mas nunca havia aprendido a usar todos os dedos: usava só os indicadores, e assim continua até hoje.

Aprendia a usar também a *World Wide Web*, que, teve de admitir, havia chegado para ficar. Fazia pesquisas com o sistema de busca Alta-Vista; cadastrou-se num provedor e passou a ter um *e-mail*; achava a rede muito lenta, mas persistia.

Também começou a estudar inglês, num curso gratuito mantido pela prefeitura. Não gostava muito da língua, mas perseverava, para ter um bom currículo quando se formasse.

Como avançasse a faculdade, aprendiam cada vez mais, caminhavam de modo vacilante rumo a seus destinos imaginosos.

Por influência de Edvaldo, começou a ler autores marxistas: Althusser, Derrida, Dorfman... Virou ateu e progressista, o conservadorismo e a religião sendo a partir daí os adversários a abater.

Vânia se descobria feminista, especialmente depois que o pai se separou da mãe para viver com uma mulher de vinte e poucos anos.

— Mamãe casou com ele sob protesto de toda a família dela — ela contou, enquanto, no cinema do *shopping*, esperavam na fila para comprar ingressos para *Despedida em Las Vegas*. — Ela ajudou ele a ser bem-sucedido, a ganhar dinheiro. Mas homens ambiciosos como meu pai nunca se aquietam; querem sempre algo novo, nos relacionamentos, nos negócios, na carreira.

Tércio se aprofundava em esoterismo, com livros que comprava em sebos. Chegou a ministrar uma sessão de meditação sob a sombra das árvores do *campus* da biblioteca, do outro lado da avenida em frente à universidade.

A meditação deu lugar à militância quando o governo "neoliberal" (como você e os demais o chamavam) propôs uma reforma nas universidades públicas federais. Os sindicatos protestaram e logo a comunidade acadêmica do país inteiro se opunha ao projeto.

No curso de Jornalismo, a resistência foi liderada por Edvaldo. Todo dia ele discursava, sobre um tamborete, com microfone e caixa de som, em frente à sede do centro acadêmico:

— Não podemos aceitar interferência do governo na autonomia universitária.

O movimento logo evoluiu para uma greve nacional de professores e estudantes. Ao fim, o governo desistiu de interferir na autonomia das universidades — vitória que você e os demais comemoraram no botequim da esquina.

A militância deu lugar à teoria quando Vânia montou um grupo de estudos políticos. Edvaldo se engajou de primeira hora:

— A ação política tem que ter base teórica.

A princípio o grupo funcionava numa sala no *campus*, cedida pelo departamento de Jornalismo. Vânia estabelecia a pauta e organizava as apresentações — a inaugural sendo a do próprio Edvaldo, que apresentou *A Revolução e o Estado*, de Lênin — "o livro de cabeceira de Luís Carlos Prestes", como fez questão de pontuar.

Aos poucos chegaram novas adesões. A reputação das apresentações e dos debates logo chegou ao departamento, que sugeriu a constituição formal do grupo, sob a linha de estudo Comunicação e Política. Edvaldo se posicionou contra:

— Nenhuma estrutura pode controlar o pensamento; nem mesmo a universidade.

Vânia discutiu com ele, ficaram rompidos por alguns dias; depois fizeram as pazes. Ao fim o grupo foi constituído e Edvaldo usou as apresentações em seu currículo para obter uma bolsa de estudos.

A coordenação do grupo coube a uma professora, doutora em Ciência Política, para a qual Vânia passou a trabalhar como assistente e monitora — e nisso decidiu que iria continuar na área, como professora e pesquisadora.

— Demorou, mas encontrei minha vocação — disse aos demais, copo na mão, no botequim. Brindaram.

Durante o brinde, você se perguntava: talvez também tivesse encontrado a sua. Embora não fosse o que esperava ao ingressar na faculdade...

Você bem que tentou. Tentou se ater ao plano inicial: usar o jornalismo como base para a literatura.

Mas algo ocorreu. O jornalismo se apossou de você — em especial devido à presença de dois professores, cada um com concepções bem diferentes sobre o "fazer jornalístico", como um deles chamava.

— Jornalismo é negócio — dizia em sala de aula Salim Campos, rosto oval, cabelos arrepiados esbranquiçados nas laterais, lábios que muitas vezes exibiam um sorriso que o interlocutor nunca sabia se era de simpatia ou deboche. Ele desenvolvia a ideia, os braços abertos, os gestos espalhafatosos: — Não é missão, nem cruzada. É um negócio como qualquer outro.

A maioria dos alunos não o respeitava. "Reacionário", "ganancioso", "mercenário", comentava-se fora de sala.

Você, no entanto, respeitava-o. Não sabia direito o motivo; talvez por haver uma lógica no que ele defendia:

— O jornalismo só é forte se for sólido como empreendimento — ele lhe disse uma noite, enquanto tomavam cerveja no botequim vazio, você com os olhos ao redor, como se cometesse um crime. — Do contrário, estará na mão do Estado.

— Mas, como empreendimento, ele não fica na mão dos anunciantes?

— Os anunciantes pagam pela tiragem, no jornal impresso, ou pela audiência, na TV e no rádio. E quem garante audiência e tiragem?

— O público.

— Isso! — ele lhe apontou o dedo em riste. — No jornalismo como negócio, é o público que tem o poder. Veja como é nos Estados Unidos...

E ele se pôs a discorrer, como discorria nas aulas, sobre o jornalismo dos Estados Unidos, que conhecera por meio duma bolsa de estudos que lhe fizera percorrer as maiores redações americanas. Lá não havia essa visão romântica do jornalismo que há no Brasil, "mudar a sociedade"; que papo é esse?! Jornal é produto, que os alunos nunca se esquecessem disso!

Você concordava; mas mantinha segredo disso, já que o professor admirado pela maioria dos alunos defendia o oposto:

— Jornalismo é a voz da sociedade — dizia Ranieri Prestes, na mesa do botequim, cercado por você, Vânia, Edvaldo, Tércio e outros estudantes. — O jornalista é um agente da transformação social.

— E a carreira? — perguntou uma vez Vânia. — Como fica a ascensão pra jornalistas com esse perfil?

— Jornalistas não devem deixar sua missão de lado por altos salários, ou cargos. Devem lutar, como eu fiz.

E Ranieri — cabelos e cavanhaques grisalhos, dentes fronteiros proeminentes, cego dum olho devido a um acidente de trânsito — passava a contar como, quando diretor de redação no maior jornal da cidade, aderira a uma greve, o que lhe custara o emprego. Não se arrependia: hoje vivia só com o salário de professor, sem carro ou luxo, mas e daí? aprendera que não se precisa de muito dinheiro para viver.

Você gostava da ideia do jornalismo com voz da sociedade; já sabia então que o mundo era cheio de injustiças: fome, miséria, analfabetismo, violência — e ninguém poderia se recusar a lutar contra isso. Mas a perspectiva de conforto material também o atraía: bom emprego, bom salário, carro, viagens — sem falar no *glamour* da profissão jornalística, se conseguisse chegar a um grande veículo.

(hoje lhe ocorre que já existia ali, pronto a devorá-lo como um redemoinho aos destroços dum navio, a semente da luxúria...)

Missão ou negócio, o jornalismo lhe absorveu. Você passou a ler os livros — de memórias, de artigos, de reportagens — dos melhores jornalistas: Bob Woodward, Cláudio Abramo, Ben Bradlee. Se antes treinava sua escrita para a ficção, passou a treiná-la para o texto jornalístico — que, descobriu, poderia ser literário, como os de Tom Wolfe, Truman Capote, Gay Talese; descobriu ainda que a leitura dos melhores estilistas da língua portuguesa — um Machado de Assis, um Rubem Braga, um Graciliano Ramos — era a melhor maneira de polir seu texto, de torná-lo a um só tempo funcional e elegante. Desse modo, a literatura passou a servir ao jornalismo — o contrário do que você planejava ao ingressar na faculdade.

Nilton Firmeza, professor de Comunicação e Cultura, especialista em Literatura de Cordel, ainda tentou demovê-lo:

— O *glamour* do jornalismo é ilusório. Às vezes nossa vocação está em algo mais discreto. Por que não vira professor universitário?

Dar aulas, corrigir provas? Sem chance...

— Quero me destacar. Ser alguém. Ser o melhor.

— Ninguém é obrigado a ser excepcional.

— Quem pensa assim certamente não vai ser...

— O Mário de Andrade dava um conselho a jovens escritores — disse Nilton — e acho que serve para qualquer um, mesmo a quem não queira se escritor.

— Qual?

— Dê o melhor de si para chegar em primeiro lugar. Mas se só conseguir chegar em terceiro, ou em quarto, ou quinto... aceite que essa é sua posição.

— Se contentar em ser mediano? esse é o conselho?

— Aceitar sua verdadeira estatura. Nem menor, nem maior.

— Eu sei qual será minha estatura: maior do que qualquer jornalista que já passou por essa universidade.

**

Será que tomei a decisão correta? — você se pergunta, já em casa,
junto à amurada da varanda, a brasa já quase no filtro do cigarro.
Como saber?

Ao menos como jornalista você conseguiu ter empregos. Quem
vive como escritor? O caminho da literatura é árduo, você não se sente
disposto a trilhá-lo.

Você dá uma última baforada no cigarro, joga a bagana por sobre
a amurada e vai até a cozinha.

Volta à varanda com um copo d'água, da qual coloca um pouco
no bebedouro duma gaiola de madeira, pendurada no armador de rede;
no interior dela, o pombo que recolheu, a asa quebrada imobilizada
junto ao corpo por uma gaze. A ave parece dormir.

De súbito, você escuta.

Um trovão.

Você se achega à amurada e olha para o céu: as nuvens continuam
a se adensar. O céu está coberto por uma cerração que nenhuma luz
parece trespassar.

De repente as trevas descem, como uma cortina que se cerrasse.

Durante um segundo, é como se um negrume caísse sobre o mundo. Um frio lhe perpassa a espinha. Sua saliva resseca. Seus pés gelam.

Na gaiola, o pombo arrulha.

Então, num piscar d'olhos, irrompe um clarão. Você deixa cair
o copo vazio, que se despedaça. Fagulhas escapam dos fios dos postes,
antes que as ruas e residências da vizinhança mergulhem de novo na
escuridão.

Em segundos, caem pingos de chuva. Um trovão estronda, seguido de outro, e outro.

Trêmulo, você vai até o quarto. Deita-se e se abraça ao travesseiro, em posição fetal. Tenta se refugiar em lembranças, proteger-se sob a memória dum passado que, justamente por ter ficado para trás, talvez esteja sob seu controle. Não consegue. O estrondo dos trovões lhe mantém no presente. A quem você quer enganar? O tempo passou, e continua a passar, indiferente às suas vontades. Enrolado sob as cobertas, os pingos cada vez mais fortes de encontro ao vidro da janela, você aceita, a contragosto, que a vida não consiste de peças dum jogo de tabuleiro, as quais se pode tirar e guardar à vontade. Não, a vida consiste de centelhas que desaparecem para sempre no passado; só ficam lembranças, memórias, recordações — e estas, por serem puras, lhe jogam, por contraste com o presente sombrio em que você vive, na maior de todas as solidões: a de não conseguir conviver com o homem que se tornou.

11

Ao som dum samba de gafieira, você dança com uma garota, corpos colados. Não lhe lembra o nome, embora ela tenha dito assim que aceitou seu convite para dançar; você não é bom com nomes, ainda mais depois de beber por cinco horas.

A moça, de quadris largos, usa um vestido tubinho colado ao corpo. Você se excita; tenta beijá-la, ela se esquiva.

Em meio ao salão, você às vezes avista Kalina. Ela conversa com uma garota, que não lhe resiste aos avanços; Kalina logo a beija; junto ao balcão de bebidas, a observá-las, Astor — ave de rapina à espreita da presa.

Ao lado de Astor, Dionísio, cerveja na mão, papeia com uma roda que acabou de conhecer. Você imagina os assuntos: política, filosofia, literatura — tudo na perspectiva das redes sociais e dos cadernos de cultura dos jornais, os quais pautam (e limitam) a esfera de interesses do amigo.

A um canto, Jairo conversa com uma garota. Às vezes você e seu par lhes passam perto e é possível entreouvir trechos da conversa dele: "sou faixa marrom de jiu-jitsu, sabe?", "toco guitarra numa banda cover dos *Rolling Stones*", "sou desenhista e fotógrafo"...

Você tenta beijar a garota uma segunda vez. Ela se esquiva — e desta vez pára de dançar por um momento, olhos cravados em você, antes de prosseguir.

Kalina continua a beijar a moça, agora com Astor junto — os três atracados a um canto da pista, a dança esquecida.

Você olha ao redor, para saber se esse *ménage* em público causa alguma surpresa.

Nenhuma. Todos dançam, bebem e paqueram como se nada ocorresse.

Você se recrimina pelo provincianismo. Quando vai aprender que no Rio tudo é permitido, exceto a autenticidade?

Jairo começa a beijar a garota com quem conversava. Não lhe surpreende a vitória do amigo: por algum motivo as mulheres cariocas adoram homens cujo principal assunto são eles próprios.

Kalina, Astor e a garota pagam a conta e saem da gafieira. Você sabe para onde irão: o apartamento do casal. Sempre faziam isso: por meio da confiança que uma mulher tende a inspirar em outra, Kalina seduzia moças para se juntar a ela e Astor, num *ménage;* e não faziam questão de esconder isso — afinal, quem liga para moral sexual no Rio de Janeiro?

Você tenta beijar a garota mais uma vez. Ela se esquiva:

— Não!

Você se irrita, desvencilha-se dela e sai da pista — ainda a tempo de ouvi-la, a suas costas:

— Grosso!

Você percebe de viés que um segurança passa a lhe seguir com os olhos, pronto a agir caso você crie problemas.

Enquanto paga a conta no caixa, você reflete em como no Rio de Janeiro sexo a três é considerado normal — mas demonstrar irritação causa estranhamento...

⁂

Já é tarde da noite quando você sai do metrô e se põe a caminhar rumo a seu apartamento. Enquanto caminha, reflete sobre o romance que tenta escrever. Você já parou e começou umas dez vezes. Diz a si mesmo que não é preguiça. Talvez seja erro na concepção; talvez seja melhor recomeçar do zero.

Você queria escrever um livro ambientado no mundo das redações de jornal, o qual você conhece pela experiência em Fortaleza. No entanto, dumas semanas para cá, algo lhe impele a escrever uma história de terror... na linha de *O exorcista*... de onde vem essa vontade? Você se recrimina. Que besteira é essa de ser escritor? A vida é trabalhar dois expedientes e passar crachá — qualquer coisa além disso é arrogância, pretensão, falta de humildade.

Você já andou dois quarteirões quando um barulho de vidros se estilhaçando lhe tira de seus pensamentos.

À sua esquerda, na calçada oposta, um homem mascarado acaba de depredar com um bastão um terminal de autoatendimento duma agência bancária. Outro mascarado quebra os faróis dum carro estacionado.

De repente, saídos das sombras, aparecem vários homens mascarados. Eles caminham pela rua, rumo ao largo, ao mesmo tempo em que ocupam a calçada oposta, e logo a calçada em que você está.

Enquanto caminham, os anarquistas destroçam outros terminais de agência e carros estacionados. Os poucos transeuntes na rua correm para as transversais.

Você corre também; mas, antes que chegue à esquina, um anarquista para à sua frente.

Ele lhe mira, olhos negros à mostra pela fresta do capuz, um bastão numa das mãos.

Você tenta dizer algo. As palavras não vêm. Que dizer numa situação assim?

Ao comando verbal dum outro anarquista, o homem à sua frente lhe arrodeia e se junta aos demais.

Em alguns segundos, todos somem, na escuridão da rua mal iluminada.

A seu redor, carros e terminais de banco destruídos. Dentro das lixeiras, labaredas de fogo. Uma moça que não conseguiu fugir chora, trêmula.

Você não sente mais medo. Só decepção... consigo mesmo... com seus amigos...

É isso que defendem?

É isso que eu defendo?

12

No dia seguinte, antes de sair para o trabalho, você tira o pombo da gaiola, senta-se no sofá e, conforme as orientações que o veterinário lhe entregou por escrito quando levou a ave na emergência, retira a gaze que imobiliza a asa machucada.

Examina o pássaro. O osso da asa parece ter se restaurado.

Você apanha o pombo, as mãos em concha, e vai até a varanda. A um passo da amurada, pára e estende as mãos.

Arremessa levemente a ave para cima.

O pombo sobe e, sem sequer bater as asas, cai em suas mãos, como se num ninho de que não quisesse sair.

(por que um pássaro não quer voar?)

Decide tentar outro dia. Devolve o pombo à gaiola e sai para o trabalho.

No trabalho, você passa o dia a escrever um artigo de jornal, o qual será assinado pelo diretor de Refino. O texto tratará dos esforços da empresa para reduzir o nível de enxofre da gasolina, de modo a adequá-lo aos padrões europeus. Será publicado num jornal de circulação nacional.

Enquanto o redige, você não consegue reprimir o pensamento de que a publicação desse artigo — que nem assinará — será sua maior realização no jornalismo.

O que saiu errado em sua escolha profissional? — você se pergunta, enquanto tecla no computador...

Ao fim de dois anos, você não aguentava mais a rotina de redação de jornal.

Escrever três matérias por dia lhe dava pouquíssimo tempo de apuração e redação. Com o tempo ganhou alguma velocidade de escrita — que jamais perdeu —, mas a qualidade do material publicado lhe incomodava: julgava-se capaz de fazer algo muito melhor.

Também passou a lhe inquietar o assunto que cobria: política. Toda manhã, de terça a quinta, ia cobrir as casas legislativas: no primeiro ano, Câmara Municipal; no segundo, a Assembleia Legislativa. Pouco a pouco você conheceu os assessores dos parlamentares, e depois os próprios vereadores e deputados estaduais; e em seguida os bastidores: licitações fraudadas, votos comprados, nepotismo — para não falar em escabrosas (e picantes) histórias sobre uso de drogas, adultério e orgias —, nada disso, por falta de provas, possível de publicação. Qual o sentido de conhecer tanto e não poder escrever sobre nada disso?

Até que resistiu. Tentava aprimorar a qualidade do texto, pedia mais tempo para redigir as matérias, esforçava-se para convencer o editor a deixá-lo fazer grandes reportagens:

— Notinhas curtas vão ser o terreno da *internet*, Paulo. O jornalismo impresso vai ter que se aprofundar.

Paulo Neiva, só à espera de se aposentar, passava as mãos pelos poucos cabelos remanescentes, nas laterais e já esbranquiçados:

— Deixe de papo, rapaz. Jornalismo é notícia. "Quem, o quê, quando, onde e por quê". O resto é literatura.

Você não aceitava, discutiam; às vezes Paulo se irritava:

— Não te contratamos pra ser consultor. Mostre menos ideias e mais trabalho.

Você se estressava mais e mais. Cometeu a besteira de dizer aos pais sobre os desentendimentos com o chefe.

— Quando o chefe manda, é baixar a cabeça e obedecer — disse a mãe.

— Você devia é fazer concurso público — disse o pai. — A iniciativa privada cobra muito e paga pouco.

Você rejeitou os conselhos — mas a palavras ficaram na cabeça, e fincaram raízes que decidiram sua vida.

Decidiram sua vida para pior ou melhor? — você se pergunta enquanto se ergue da cadeira. A versão impressa do artigo está sobre o teclado. Decide dar um intervalo, esfriar a cabeça e se distanciar do artigo, para depois então o revisar.

Já se prepara para ir ao jardim quando o telefone toca. Atende, e uma voz masculina diz:

— Você é um homem difícil de encontrar.

Você reconhece a voz:

— Edvaldo?

— Já que você não está nas redes sociais, nem tenho mais teu *e-mail*, liguei para vários setores até conseguir esse ramal.

— Desculpe, eu... — como dizer que não queria ser localizado, ainda mais por pessoas de seu passado?

— Vou fazer uma conexão aí no Rio, amanhã. Vai durar algumas horas. Que acha de almoçarmos, de atualizarmos o papo?

Ainda confuso, você sugere horário e local.

Despedem-se e você desliga o telefone.

Caminha pelo corredor, rumo à recepção. Ao passar em frente ao elevador, decide descer à rua em vez de ir ao jardim.

Num botequim na rua, enquanto espera por um caldo de cana, um homem atrás do balcão a prensar os caules na moenda, a garapa a cair num copo de vidro, lhe perpassa a lembrança da época logo após a faculdade...

De seu grupo na faculdade, só você e Edvaldo queriam ser jornalistas de redação.

— O jornalismo é o melhor instrumento para catequizar as massas — ele dizia. — A revolução começa na cultura, como dizia Gramsci.

Apareceu uma vaga no jornal, você o indicou.

Edvaldo acumulava o jornal com a assessoria de comunicação de sindicatos ligados a partidos progressistas.

— A imprensa burguesa me financia de manhã, enquanto eu trabalho pela revolução à tarde — gabava-se. Para você, o arranjo soava mais como uma contradição, mas evitava tocar no assunto.

Você começou a estudar espanhol, num curso particular, em acúmulo com o inglês. Também passou a cursar uma especialização em Economia, específica para jornalistas.

Alguns dias estavam com a tarde um pouco livre — aulas e tarefas no sindicato mais para o fim da tarde — e, após o expediente, iam tomar cerveja e comer tira-gostos num bar perto da praça em frente ao jornal. Edvaldo, noivo, estava prestes a casar, já falava em ter filhos; passara a usar o cabelo curto e removera o *piercing*, para se tornar mais apresentável nos meios políticos.

Um dia ficaram até o início da noite, quando você espiou o relógio em seu pulso:

— Você não tem trabalho hoje?

Edvaldo hesitou, antes de sacudir a cabeça:

— Larguei.

— Agora? Perto de casar?

— Por isso mesmo. Trabalhava até tarde da noite, dinheiro pouco, salário sempre atrasado. Consegui outro bico, começo na próxima semana.

— Onde?

Edvaldo crispou os lábios:

— Governo do Estado.

Você tentou esconder a surpresa. O governo pertencia a uma coligação de partidos conservadores que há 15 anos governava o Estado, sob oposição dos políticos progressistas.

Edvaldo pareceu ler o que lhe cruzava a mente:

— Não me julgue. Não foi fácil.

— Eu não—

— Ainda sou revolucionário. Mas tenho que comprar meu feijão.

Ele baixou a cabeça, olhos no prato.

Após alguns segundos de silêncio, ergueu-a e, uma rodela de linguiça no garfo, à altura da boca:

— E você? Quando vai se aquietar?

— Quando eu conseguir o que quero.

— E o que você quer?

— Sair de Fortaleza. Ir pra uma metrópole.

Edvaldo engoliu a rodela de linguiça e devolveu o garfo ao prato:

— Fazer o que numa metrópole?

— Não sei...

— Não deveria descobrir primeiro antes de ir?

Você tomou um gole de cerveja; um modo de ganhar tempo para meditar sobre a pergunta, que na verdade acabou por lhe trazer outra: *O que quero da vida, afinal?*

Não encontrou resposta; então decidiu retomar o foco original da conversa: a mudança, pura e simples:

— Qual o futuro aqui, Edvaldo? Fortaleza parece uma cidade do interior.

— Você já leu Emerson? O moralista americano?

— Não. Por quê?

— Ele diz mais ou menos isto: se a pessoa não consegue resolver uma questão interior, mudar-se para outro local é inútil: o problema vai junto.

A correção do raciocínio era óbvia, mas lhe incomodou. Edvaldo continuou:

— Você nunca está satisfeito. Afinal, o que busca?

Não tinha a resposta; então tentou tergiversar:

— É nas grandes metrópoles que tudo acontece.

— Numa grande metrópole não tem isso — e Edvaldo apontou para um garçom que passava com uma bandeja com galinha caipira à cabidela, arroz e pirão.

Você riu. Inútil discutir. Edvaldo era um provinciano — como a maioria dos que viviam ali. Já você...

À noite, enquanto ouvia música dentro do seu quarto, você sonhava com as metrópoles; em especial, o Rio de Janeiro: a cidade da Bossa Nova, a cidade onde os grandes escritores brasileiros viveram e trabalharam... Torcia por qualquer chance de sair do meio provinciano que lhe sufocava. Sentia-se aprisionado a um mundo pequeno dentro do qual não pedira para nascer.

O desejo de sair de Fortaleza aumentava, por estranho que parecesse, à medida que aprendia inglês.

Terminado o curso, não se sentia seguro para falar; contratou um professor particular.

Americano, PhD em História, há alguns anos vivendo em Fortaleza, Nathaniel Dreisser associava o inglês à cultura dos Estados Unidos. Com ele você aprendeu que uma língua estrangeira é a porta de entrada para outra cultura — e nisso sua relação com o inglês, e com as línguas estrangeiras em geral, mudou para sempre.

Dreisser, de barba branca estilo marinheiro, cabelos grisalhos compridos amarrados num rabo de cavalo, de chapéu *Homburg* preto, acabaria por se tornar seu mentor também. Depois das aulas, enquanto conversavam à saída da galeria onde funcionava o curso, ele lhe dava conselhos de vida; alguns, estranhos: "nunca se envolva de verdade com mulheres bonitas: elas tiram um terço do seu dinheiro no namoro, outro terço no casamento e o restante no divórcio"; outros, mais usuais: "não se prenda à ideia de fazer só o que gosta; muitas vezes precisamos fazer o que não amamos, para um dia termos o privilégio de fazer o que gostamos".

Com o inglês cada vez melhor, você passou a ler a revista semanal americana *Newsweek*, que o jornaleiro numa banca do seu quarteirão encomendava só para você. A cada edição lida, percebia quão vasto era o mundo, quão largos eram os limites se você soubesse ampliá-los. Fortaleza se tornava mais e mais sufocante.

Você ainda não sabia como, mas iria para o Rio. Não devia ser difícil, aliás; bastava não cometer erros, não tomar decisões danosas, como os demais: Edvaldo, com a esposa logo grávida, as responsabilidades da vida adulta autoimpostas num abrir e fechar d'olhos; Vânia, prestes a concluir o mestrado em Ciência Política, mas o sonho de cursar doutorado na França adiado após um namorado, sob falso pretexto de negócio, ter fugido com as economias dela; Tércio, a imersão no holístico transmutada em mergulho no ocultismo, com leituras de Frithjof Schuon e René Guénon, as práticas junto a misteriosos grupos a tirá-lo cada vez mais da realidade, a fazê-lo relaxar de suas obrigações, até ser demitido da agência de publicidade em que trabalhava como *designer* gráfico.

Não, você não seria como os demais: não seria seu pior inimigo, não se iria sabotar: Você queria — iria! — *vencer*.

Agora, enquanto toma caldo de cana, no meio-fio da calçada, transeuntes ao redor a irem e virem, a fila da lotérica à frente a dobrar a esquina, você se pergunta como estaria Edvaldo. Não se viam nem se falavam desde que você viera ao Rio.

Você prefere não se avistar com ele. Reencontrar o amigo vai lhe fazer lembrar do próprio fracasso. Mas já tinham combinado, teria que aparecer.

Você termina o caldo de cana, joga o copo na lixeira e retorna ao edifício da empresa.

**

À noite, você tenta se concentrar no treino de *jiu-jitsu*. Inútil. Distrai-se, recebe um *armlock* de Jairo. É obrigado a bater no tatame, o que encerra a luta. Isso irrita o professor, que, sentado junto a uma parede de espelhos, pergunta:

— Por que você deu o braço pra ele?

Sem esperar resposta, ele já começa a ralhar com outro aluno, que caiu num mata-leão.

Depois do treino, você e Jairo vão tomar açaí numa lanchonete de esquina. Está atulhada de fregueses, são obrigados a ficar de pé junto ao balcão de vidro.

— O mestre é muito estressado — você diz.

— Ele só quer o melhor pros alunos. Imagina ir pra um campeonato sem estar preparado?

— Eu não quero competir.

— O que você quer, então?

(*Você nunca está satisfeito. Afinal, o que busca?*)

Você muda de assunto.

13

Assim que Edvaldo entra no restaurante, repleto de fotos do Rio antigo nas paredes, você se espanta com as mudanças físicas no amigo: dorso e peito musculosos, pele do rosto limpa das marcas de cravos e os cabelos puxados para trás, com risca lateral.

Espanta-se mais ainda com as roupas que ele usa: sapato bico de pato, paletó risca de giz, gravata italiana; nunca imaginaria vê-lo algum dia vestido desse jeito.

Até o andar dele lhe surpreende, enquanto ele vem a seu encontro e toma um lugar à mesa: move-se como se todos no restaurante estivessem ali para servi-lo.

Pedem língua de boi ao molho madeira. Enquanto aguardam, cerveja. Você pergunta qual o destino da viagem dele.

— São Paulo — ele responde.

— Trabalho?

— Negócios, na verdade.

— "Negócios"?

Edvaldo sorri:

— Você se alienou de todos, não é? Não tem ideia do que fizemos da vida.

Você anui com a cabeça.

Edvaldo, entre um gole e outro, lhe atualiza sobre a vida dele e a dos demais.

Vânia cursou doutorado em Paris. No retorno, passou a trabalhar como professora de Ciência Política em São Paulo. Após alguns anos, decepcionou-se com as intrigas e vaidades da carreira acadêmica; hoje em dia trabalha apenas pelo dinheiro, enquanto estuda para algum concurso público. Após a morte da mãe, passou a rarear as visitas a Fortaleza, até deixar de ir de vez.

— Alguns namorados — diz Edvaldo. — Se decepcionou com todos. Não quer mais saber de homens.

Ao ouvir isso, você se recorda de quando a beijou, os dois a sós na sala de cinema após terem assistido a *Gênio indomável*; ela ponderou em seguida:

— Melhor sermos só amigos.

— Por quê?

— Por que eu quero alguma estabilidade na minha vida. E homens como você...

Ela baixou os olhos.

— Que tem homens como eu?

Ela ergueu os olhos:

— Homens ambiciosos, como você, estão sempre recomeçando.

Você meneou a cabeça:

— Eu não sou como seu pai.

Ela contraiu os lábios, ergueu-se da cadeira e saiu.

E se tivesse havido algo entre vocês? — você se pergunta agora. Talvez tivessem sido felizes; mais do que estão agora.

— E Tércio? — pergunta.

Ainda vive em Fortaleza. O ocultismo terminou num mergulho nas drogas, do qual saiu com sequelas: não conseguia se manter num emprego: déficit de atenção, diziam uns; transtorno bipolar, diziam outros. Após abandonar os grupos ocultistas, voltou a trabalhar como *designer*; mas não conseguia se manter em nenhum serviço, e depois de alguns anos acabou aposentado por invalidez, devido ao agravamento dos distúrbios psiquiátricos. Afastou-se de todos os amigos e familiares; morava só; negligenciava o tratamento e, da última vez em que Edvaldo o vira, Tércio era incapaz de se concentrar o suficiente para dirigir um automóvel, ler um livro ou mesmo assistir a um filme.

— Não vejo saída pra ele — diz Edvaldo, enquanto o garçom dispõe as travessas sobre a mesa.

Um de seus olhos se mareja com uma lágrima, e você baixa a cabeça para escondê-la.

— E você? — pergunta, ainda de cabeça baixa.

Edvaldo passou num concurso para um banco público. Conforme o salário aumentava, diminuíam-lhe os ideais revolucionários. Isso, e mais a leitura dos economistas da Escola Austríaca, liberais, levaram-no a estudar finanças e empreendedorismo. Após alguns anos, conseguiu juntar o suficiente para montar um *food-truck* — quando isso ainda era novidade — e logo um restaurante, e outro, e mais outro. Há dois anos largou o emprego público para se dedicar em tempo integral aos negócios.

— O Estado — ele diz — é o problema. Diminua a máquina pública, e daí os impostos e o dinheiro extra se convertem em mais empregos, mais crédito e melhores salários.

Do grupo, Edvaldo foi também o único que se casou, teve filhos e adquiriu patrimônio (dois apartamentos, uma casa de condomínio e um terreno) — o único a obter sucesso, dentro das expectativas da sociedade.

A vida é boa com os burgueses, você medita, a meio-termo entre o rancor e o sarcasmo. Tenta evitar o pensamento seguinte, mas ele lhe vem: Edvaldo não é muito diferente de você — soubesse juntar dinheiro, você seria tão "burguês" quanto ele...

***

Para onde vai seu dinheiro? — você se pergunta, naquele mesmo dia, à noite, enquanto toma uma cerveja num bar perto da empresa. Você não faz ideia. Não tem nenhum controle financeiro; aliás, abdicou de qualquer controle sobre sua vida há muito tempo. Já em seu primeiro ano no Rio, as dívidas começaram a aparecer. E como não apareceriam? com tantos restaurantes caros, livros importados, viagens ao exterior? Além, claro, de bebidas — muitas, de todos os tipos: uísque, vinho, tequila — e mulheres — muitas, de todos os tipos: louras, ruivas e morenas; pagas ou não; pagas em dinheiro vivo ou em jantares e presentes; interesseiras ou ingênuas — quem ligava? Nesta cidade, quem liga para algo?

Foi no Rio que você finalmente compreendeu o alcance do princípio do satanista Alesteir Crowley: "faz o que quiseres, é da lei". A moral aqui é um fio tão tênue que todos se sentem livres para rompê-lo, com a certeza de se safar. O senso de dever só existe como fachada — um véu a encobrir a verdadeira força-motriz dos que vivem aqui: o desejo, e a vontade de saciá-lo — para o que tudo é permitido, tudo é da lei.

Num ambiente assim, quem poderia lhe culpar? – você pergunta a si mesmo, enquanto bebe, copo após copo. Quem poderia lhe culpar por ter cedido à dificuldade que todos temos, desde crianças, de lidar com restrições, de aceitar limites?

Imerso numa atmosfera desse tipo, você adotou uma vida de excessos: nicotina, álcool e mulheres o seu combustível, o combustível que em seus sonhos (ou delírios?) lhe levaria à glória, à ascensão profissional. Pela primeira vez longe da família e dos amigos, com um salário muito acima de qualquer um que recebera até então, você viveu como que outra identidade: o rapaz ordeiro deu lugar a alguém que vivia com intensidade, acima das contenções e precauções em que vivem os demais. Passara a viver, e até a se ver como, um astro de Hollywood, um escritor *best-seller*, um grande empresário.

Como não lhe ocorreu a imaturidade disso tudo? ou o desenlace lógico a que esse estilo de vida iria levar?

14

No dia seguinte, à noite, na garagem da empresa, rumo ao carro de Jairo, este detalha as duas missões que você terá no próximo fim de semana:

— Sábado: gravar minhas lutas na competição de jiu-jitsu. Domingo: minha apresentação com a banda em Niterói.

— Vai postar nas redes?

— E deixar no celular, pra mostrar pra mulherada nas baladas.

Ao passarem por um carro, deparam-se com Kalina, prestes a entrar pela porta de passageiros. No assento de motorista está sentado um homem, cujo rosto você não consegue discernir devido ao vidro fumê.

Acenam-lhe, mas ela desvia os olhos e entra no automóvel.

Você e Jairo entram no carro dele.

— Outra tarefa — diz ele. — Fazer um vídeo lá em casa comigo. Vou anunciar meu livro.

— Que livro?

(*até Jairo escreveu um livro e eu não?*)

O outro pega algo do banco traseiro e lhe mostra: uma encadernação de capa dura e papel *couché*, de dimensões maiores que as dos livros comuns. Na capa, a foto duma paisagem do Rio de Janeiro.

— Reuni minhas melhores fotografias — diz ele.

Você se alivia: Jairo não escreveu um livro de verdade; é só um foto-livro.

O outro lhe entrega a encadernação, que você folheia enquanto ele dá a partida e manobra para sair da garagem.

Ao passarem pelo carro em que Kalina entrou, você entrevê, pelo vidro pára-brisa, que ela e o homem se atracam, aos beijos. Antes que a cena suma atrás duma coluna, você vislumbra Kalina se debruçar sobre a cintura dele. Não é difícil imaginar o motivo...

— Pensei que a Kalina só... aprontasse... com o marido junto.

— Ela apronta sempre que pode — diz Jairo enquanto manobra pelo portão da garagem, rumo à rua. — Aquele fogo nunca apaga.

Enquanto Jairo pega a rua e acelera rumo à praça, onde vão se encontrar com os demais, você reflete sobre desejos insatisfeitos.

Espalhados pela praça, jovens em bandos. Os homens, em sua maioria, de barba espessa bem-cuidada; as garotas de maquiagem natural, vestidos *boho chic* e bermudas *hippie*; em ambos os sexos, abundam *piercings* e tatuagens.

Pisca-Pisca transita entre os grupos, a vender pacotes.

O pé apoiado sobre um banco de pedra, violão na coxa, um rapaz de cabelos desgrenhados toca e canta para o grupo dele; em meio ao vozerio ao redor, mal se escuta, para além da roda, a letra da música:

Hoje você é quem manda
Falou, tá falado
Não tem discussão
A minha gente hoje anda

Falando de lado

E olhando pro chão, viu

A alguns passos do músico, em outra roda, Dionísio traga dum cigarro de maconha, que então repassa para Kalina, Jairo e Paulo Sérgio; passa direto por você — todos sabem que você não usa drogas; pelos menos *nisso* o Rio não lhe corrompeu.

Às vezes sopra um vento gelado, a prenunciar a frente fria prevista para esta noite, mais tarde.

Dionísio atualiza os demais sobre as últimas notícias, que lê no celular: a oposição organiza uma manifestação contra o governo trabalhista; alguns falam até em *impeachment*.

— Golpe — diz Dionísio.

— Fascistas — acrescenta Kalina.

— Ditadura de direita a caminho — diz Jairo.

Paulo Sérgio nada diz: só anui com a cabeça às frases dos outros.

Já tendo bebido três cervejas *long neck*, você fala por impulso:

— Talvez a oposição esteja certa.

Silêncio. Todos lhe fitam.

Você percebe que cometeu um erro. O maior de todos, junto ao grupo: a sinceridade.

Dionísio ri:

— Nem deu um tapa na pantera e tá mais doidão que a gente.

Os demais riem também.

O mais sensato, você sabe, é se valer da intervenção de Dionísio e deixar passar; fazer parecer que foi uma frase solta, *nonsense*, ou mesmo uma brincadeira proposital. Em seus dez anos com aquele grupo, você jamais viu alguém ali dar uma opinião que divergisse do consenso em torno de alguns assuntos — um consenso tácito, nunca declarado, mas cujos temas dalgum modo todos conheciam: direitos humanos, das minorias, o politicamente correto, estado de bem-estar social — toda opinião precisava respeitar esses fundamentos, permitidas só as divergências de superfície.

O mais sensato, você repete a si mesmo, é deixar passar; mas por algum motivo você prefere — pela primeira vez em muito tempo — ignorar o sensato:

— Não, eu... — uma última hesitação, logo repelida —...eu falo sério.

Novo silêncio. Desta vez é como se uma neblina tivesse se fechado ao redor deles: os demais grupos, o vozerio, a música — tudo como que desaparece.

Dionísio dá um passo à frente, nariz franzido:

— Tá maluco, cara?

— Só porque votamos no governo não podemos admitir que ele fez besteira? que se afundou na corrupção?

— Não tem corrupção.

— Você leu a denúncia do procurador?

— O procurador trabalha pra oposição — diz Dionísio. — Pra destruir nossa empresa e entregar o petróleo pros americanos.

Você gargalha, e diz:

— O que é isso? *Além da imaginação?*

Você sabe que atingiu uma ferida quando Dionísio dá outro passo à frente, o rosto dele agora rente ao seu.

Os demais só olham. Você sabe que não virá apoio de nenhum deles. Divergiu do grupo, e o coletivo, como uma colmeia de abelhas, está unido contra você. A amizade individual com cada um ali já não vale nada, absorvida agora pelo propósito comum de desqualificar você.

Dionísio lhe aponta o dedo em riste, e a voz dele sai entre dentes:

— É melhor tu parar de criticar o governo, cara.

— Não tenho liberdade de me expressar? Não é isso que os progressistas deviam defender? Não é — você aponta para o violonista — sobre isso que essa música fala?

Dionísio morde os lábios. Você conclui que ele está sem argumentos.

— É melhor tu ir pra casa — ele termina por dizer, quase num engasgo. — Esfriar a cabeça.

Você ainda cogita persistir; mas já houve mais conflito do que você costuma suportar.

Você dá meia-volta e parte, ainda a tempo de ouvir a letra da música do violonista:

Todo esse amor reprimido
Esse grito contido
Este samba no escuro

15

O vento da frente fria arrepia os pêlos de seus braços. Ainda assim, você continua na varanda de seu apartamento, de pé, nu, cigarro aceso na boca. À sua frente, prédios e casas imersos em trevas, exceto uma ou outra luz numa janela. Sob o céu coberto de nuvens, a meia-noite tem uma aparência etérea e prateada, e isso, junto à sua embriaguez, lhe joga numa letargia, num entorpecimento.

Você ainda está irritado com a discussão de há pouco. Pergunta-se se fez o certo. Por que criou um conflito no grupo? Não tem resposta; desde há algum tempo sente algo a mudar em você — passou a questionar ideias que antes tinha como certas.

De algum lugar a suas costas, uma música lhe tira da introspecção: *Don't you (Forget about me)*, do *Simple Minds* — mais um dos gostos em que você e Mainara coincidiam.

Você pensa em Mainara, que está ali, na sua sala...

O primeiro encontro com ela, aliás, foi numa noite fria, como esta...

Como ela parecia outra pessoa quando se conheceram...

— Vou fazer faculdade de Letras — ela disse, enquanto comiam *fondue* e bebiam vinho num restaurante de culinária suíça; ela estava a um mês de terminar o colégio. — Sabe, quero ser escritora.

Você quase disse "eu também", mas parou a tempo. Ela tinha dezessete anos, você, trinta e cinco — que desculpa daria para não ter virado escritor ainda?

Durante o encontro, Mainara mostrou uma cultura artística *retrô* que impressionou você, ainda mais em alguém tão jovem. Livro preferido: *Orgulho e preconceito;* tipo de música: *rock* clássico; banda preferida: *New Order;* escritor nacional preferido: Érico Veríssimo.

Enquanto conversavam, você espalhava a vista vez que outra ao redor. Preocupava-se com o que os demais fregueses pudessem pensar de você por sair com uma garota tão jovem. Mainara estava acima da idade legal de consentimento, mas àquela altura você já tinha aprendido que no Rio muitos comportamentos eram aceitos, mas algumas transgressões, por algum motivo, eram alvo de fofocas — não muito diferente das de senhoras nos parapeitos de janela duma cidade do interior.

Você se aliviou, aos poucos, ao concluir que ninguém parecia atentar em vocês. Talvez porque Mainara, desenvolvida para a idade, parecia mais uma universitária que uma colegial.

Em dado momento, ambos já sob efeito do vinho, ela aceitou que você lhe tocasse a mão. Ao fim do jantar, beijaram-se.

Após saírem do restaurante, puseram-se a se agarrar, a um canto escuro duma praça. Logo começaram a se bolinar — você excitado pelo vinho e pelo contato com aquele corpo jovem, cujo calor lhe esquentava do ar frio.

Você queria algo mais, mas hesitava em avançar. Demorara um mês de conversa num aplicativo de encontros para conseguir aquele jantar; não queria pôr tudo a perder num movimento precipitado.

Preocupação à toa, você descobriu quando ela se desvencilhou de você e disse, mãos em seu peito:

— *Vam 'bora.*

— ?

— Pra um motel, bobo.

Você concordou, mas então sobreveio uma preocupação:

— E a sua idade?

Ela arregala os olhos:

— Que tem?

— Os motéis não aceitam menores de dezoito.

Ela riu:

— Pra isso eu tenho identidade falsa.

Tudo parecia encaminhado, mas de repente o adulto em você decidiu falar:

— Você não precisa fazer isso, se não quiser. Talvez devesse sair com rapazes da sua ida—

Ela lhe interrompeu com um beijo. Durante alguns segundos, a língua dela percorreu todos os recantos de sua boca. Após terminar, ela segurou seu rosto entre as mãos e, olhos em você:

— Podemos ir logo? Se chego tarde minha mãe faz perguntas.

Depois daquele beijo, o adulto em você havia sumido:

— Vamos.

A lembrança das duas horas seguintes, no motel, lhe excita até hoje; lhe excita agora, na varanda. Você se vira, à procura de Mainara.

Em meio à penumbra — a única luz, a do videoclipe da música do *Simple Minds*, na *smart TV* — você a vislumbra: sentada no sofá da sala, nua, cabelos desgrenhados, olhos vermelhos, ela aspira uma carreira de cocaína numa travessa de prata — uma das narinas tampadas com o dedo indicador, a outra a sugar o pó branco.

Depois que Mainara termina, ela entrega a travessa para uma garota de cabelos escuros lisos, também nua, sentada ao lado dela.

Embora a outra garota cobre caro pela hora, você não conseguiu dizer "não" quando Mainara pediu. Sabe o quanto outra moça a excita — e ela sabe como agradecê-lo por isso.

Você se senta no chão, em frente às duas. A morena lhe oferece a travessa com a cocaína. Você declina com um gesto de mão. Ela bota o utensílio sobre a mesa de centro e se põe a beijar Mainara na boca. A outra corresponde, e as duas começam a se bolinar.

Você se limita a observar, seu órgão sexual mais e mais ereto à medida que as mãos femininas percorrem os seios, as reentrâncias e os pêlos pubianos uma da outra. Depois de alguns segundos, Mainara, ainda a beijar a amiga, lhe chama com um gesto de mão, ao que você obedece, os instintos a lhe dominarem, como em tantas outras noites.

Nua na sua cama, Mainara sorve um cigarro de maconha.

Ao lado dela, nu também, você tem os olhos no teto do quarto.

A outra garota foi embora: muito cara para uma noite inteira.

— Legal seu apartamento — diz Mainara. — Por que não me trouxe aqui antes?

— Eu... não te conhecia o suficiente ainda.

Ela se soergue sobre o travesseiro:

— Você quer dizer que não confiava em mim... até agora?

— Não foi o que quis dizer.

Ela meneia a cabeça, ergue-se da cama:

— Tô com sede — e vai para a cozinha pegar um copo d'água.

A sós, você reflete sobre o que não quis dizer, mas poderia ter dito. Não tem certeza de que confia nela... como poderia, depois de ela ter mentido ao dizer que a única droga que consumia era maconha — mentira que ficou flagrante alguns meses depois, quando ela tirou da bolsa um pacote com um pó branco, enquanto fingia não perceber a reprovação em seu rosto?

Pior: como poderia confiar nela depois daquela primeira noite, quando se conheceram? quando ela se mostrou tão diferente do que parecia?

Você se recorda como se sentiu alegre naquela noite, ao ingressar no quarto de motel com ela — os dois a se beijarem de encontro à parede, tão logo você fechou a porta, as primeiras peças de roupa — colar, sandálias, sapatos — tiradas ali mesmo. A química corporal durante a bolinagem na praça, a afinidade de interesses demonstrada nas conversas, a juventude dela — depois de nove anos de solidão e promiscuidade sexual, você achava que havia encontrado alguém especial.

A alegria acabou quando, os dois junto à cama, você começou a descer com os lábios rumo à reentrância dos seios dela, apertados num decote. Ela lhe deteve pelos ombros:

— Tem uma coisa.

— O quê?

— Sabe, eu... — ela deixou a fala no ar.

— Você o quê? — a visão das curvaturas dos seios dela lhe deixava impaciente para conversas.

— Eu... espero uma contrapartida dos homens com quem saio.

Você se desvencilhou dela e recuou um passo, o tesão de súbito menor:

— Contrapartida?

— Uma ajuda, sabe... pra... pagar as contas...

— Você é uma pro—?

— Não! Não sou! Eu só... faço um arranjo, entende? Nada profissional, frio, mecânico. O homem é legal comigo, e me trata bem, e me ajuda, e eu em troca...

Ela não completou a frase. Nem era necessário. Você sabia o que ela propunha.

Por alguns segundos você pensou em rejeitá-la. Mas, frente à visão dos seios dela, rendeu-se ao arranjo proposto.

Mas você jamais confiaria nela depois daquela noite. Sentiu que havia sido manipulado; e quem garante que ainda não está sendo?

Por outro lado, é inegável que sente algo por ela... uma ternura... uma vontade protegê-la...

Enquanto Mainara se deita na cama e traga do cigarro, lhe ocorre que talvez você a ame.

Ela lhe interrompe os pensamentos:

— E o romance? como tá indo? escrevendo muito?

Você não responde. Não *quer* responder.

— Tô com fome — diz Mainara. — Pede comida?

E essa agora.... Mais uma despesa na semana. Seu dinheiro estava perto de acabar...

Neste tempo todo no Rio, não conseguiu fazer poupança; vive só do salário do mês. O acumulado das suas dívidas é de valor maior que o de um conjugado em bairro nobre.

Sob o ciclo econômico próspero criado pelo governo trabalhista, acomodara-se em tomar crédito, e então negociar um reescalonamento, e outro, e outro, num círculo sem fim, cada acordo a jogar para a frente o montante devido.

Até que veio a crise: a política econômica resultou em recessão. Os bancos restringiram o crédito e endureceram nas negociações. Você não consegue mais reescalonar a dívida, nem tomar crédito. Os restaurantes e a comida em domicílio já ficaram no passado; a assinatura do clube de vinhos, também, assim como o uísque, as viagens internacionais, os livros importados, os cursos *on-line* em dólar...

Enquanto pega no criado-mudo o celular para pedir o jantar, tenta esconder de Mainara a raiva e o desespero.

De madrugada, após Mainara sair, você toma banho. De dois dias para cá, o jato d'água está fraco, devido a algum problema no reservatório da cidade; seus banhos se reduziram assim a asseios.

Depois do banho, senta-se à escrivaninha e tenta mais uma vez escrever o romance.

Após alguns minutos, interrompe o trabalho e deleta o texto do *laptop*.

Por que não consegue escrever algo que preste?

Por que não consegue administrar o próprio dinheiro?

De onde vem essa sensação de falta de controle sobre sua vida?

Essa impressão de que você é vítima de forças obscuras, poderosas, capazes de influenciar suas mais simples decisões? Pondera que em vez dum romance talvez seja melhor escrever um longo ensaio. Mas sobre qual assunto? Há tantos que poderia abordar. Você ri, perante a ironia: considera-se preparado para escrever sobre tantos temas que ao fim não escreve sobre nenhum.

De súbito, você estremece. Está frio. Ergue-se, vai até a sala e fecha a porta de vidro da varanda.

Ao voltar ao escritório, pega numa das gavetas da escrivaninha o papel com o contato que Edgar lhe dera, do grupo de estudos literários. Decide que vai ligar amanhã. Que tem a perder, afinal?

16

No edifício empresarial, você sai do elevador e anda até uma porta. Bate e, a um "pode entrar" de voz masculina, ingressa. Você está numa salinha retangular. O ambiente cheira a fumaça de cigarro. A luz do sol trespassa uma janela envidraçada, na parede mais distante da porta. À direita de quem entra, há uma porta fechada — talvez de um banheiro. No centro, uma mesa, sobre a qual há uma garrafa térmica, algumas canecas e um cinzeiro com baganas e cinzas.

Sentado à mesa, um rapaz fuma um cigarro, olhos em você. Ele é calvo, embora uma fina camada de cabelos nas laterais insista em resistir. As orelhas dele, de tão pontiagudas, quase se encontram com as abas dum chapéu Fedora preto, que ele retira e põe sobre a mesa assim que você entra.

Também lhe miram dois outros rapazes, sentados em duas de várias cadeiras do tipo escolar perfiladas na horizontal, em frente à mesa.

O rapaz mais afastado de você tem cavanhaque, cabelos pretos escuros que começam a escassear acima da testa e sobrancelhas espessas.

Ele fuma um cachimbo.

O outro, mais próximo, fuma um cigarro. Ele tem barba, sem bigode, cabelo volumoso em cima e curto nas laterais e atrás, e pescoço alongado. É ele que se ergue assim que você entra:

— Foi comigo que você falou ao telefone.

Apertam-se as mãos, e Ismael lhe apresenta aos demais: João Lucas — o outro sentado — e Ezequiel — à mesa.

Você aperta as mãos dos dois e, após Ismael e você se sentarem, os três lhe explicam, em meio a goles de café e tragadas de cigarro e cachimbo, o que é e como funciona aquele grupo.

Eles decidiram montar o grupo para suprir uma das necessidades prescritas pelo professor Osvaldo Albuquerque para a formação intelectual: a cultura literária — em especial a leitura de prosa de ficção, base do imaginário. Ali, ao longo de vários sábados seguidos, cada integrante apresenta um romance clássico. De par com isso, leem em conjunto — ao estilo clube de leitura — algum romance, clássico ou contemporâneo, e sobre o qual cada um escreve um ensaio — ou "arrazoado", como chamam; o texto é discutido em grupo, em reuniões que ocorrem a cada três meses. Às segundas-feiras leem e discutem obras filosóficas, indicadas pelo professor.

Você se interessa de imediato, mas evita demonstrar. Já se decepcionou demais com grupos para não ficar com o pé atrás em relação a este. Na verdade, não sabe direito por que decidiu procurá-los; só sente um desejo obscuro de avançar, de se movimentar, de deixar para trás a vida que vivia até aquele momento.

Explicado o que é grupo, os demais começam os trabalhos.

A primeira apresentação é de Ezequiel. Ele aborda o romance *Fausto*, de Goethe.

A edição sobre a mesa exibe o título numa língua estrangeira — o alemão, você logo conclui, quando Ezequiel começa a esclarecer algumas decisões que tomou ao traduzir as páginas que apresentará.

À medida que Ezequiel continua a exposição, você percebe que o domínio da língua alemã não é a única qualificação intelectual do rapaz. A leitura dos trechos traduzidos do romance, em folhas de papel à frente dele, é acompanhada de dados biográficos de Goethe, contexto histórico, descrição de algumas técnicas narrativas utilizadas e referências à fortuna crítica acerca da obra e do autor.

Os demais seguem a mesma estrutura em suas apresentações.

Ismael apresenta, do inglês, *Este lado do paraíso*, de Scott Fitzgerald. João Lucas, do francês, *Ilusões Perdidas*, de Balzac.

A cada apresentação, você sente ressurgir o entusiasmo com a literatura. Só não sabe se desta vez durará ou, do contrário, cederá lugar a outros interesses, como tem ocorrido até então em sua vida.

Às duas da tarde, findas as apresentações, saem da salinha para um restaurante na esquina do quarteirão. Pedem galeto, arroz, molho à campanha e cerveja.

Enquanto comem, você faz perguntas que lhe permitem saber, aos poucos, algo sobre a vida de cada um ali.

Ezequiel nasceu numa família da periferia. Foi seminarista; abandonou a carreira eclesiástica quando o pai contraiu câncer e a família gastou todas as economias no tratamento.

— Ele se curou, mas a situação ficou precária — diz. — Tive que botar a mão na massa.

Fez curso de técnico em química e, depois de trabalhar por um tempo nisso, entrou na faculdade, na mesma área. De par com isso, começou a estudar alemão. Hoje em dia trabalha como analista químico num laboratório, dá aulas do idioma à noite e, nas horas vagas, lê os clássicos e os demais livros recomendados pelo professor Osvaldo.

— Um dia quero ser tradutor profissional e editor de livros. Vou fazer os brasileiros voltarem a ler os clássicos.

De uma família de classe média, Ismael estudou em bons colégios. Apaixonou-se pelo inglês desde cedo, lendo Hemingway e Faulkner ainda na adolescência. O interesse pela literatura o levou ao curso de

Letras, de onde saiu para dar aulas de inglês — a princípio na rede pública, depois em escolas privadas e finalmente como professor particular, seu emprego atual. Para complementar a renda, faz algumas traduções técnicas. Planeja abrir uma livraria.

— Uma livraria independente, mas caprichada. Nada de *best-sellers*, só literatura de verdade.

João Lucas veio de uma família de elite. Estudou num dos melhores colégios do Rio, de onde saiu fluente em inglês e espanhol. Formou-se em Direito, fez mestrado na área e acabou por entrar num escritório de *boutique*, do qual terminou por virar sócio. Nesse meio-tempo, aprendeu francês e há alguns meses começou a estudar latim. Todo o conhecimento que acumulava tinha um único objetivo: virar crítico literário.

— Vou resgatar a crítica literária brasileira. Na tradição dum Álvaro Lins, dum Otto Maria Carpeaux. Não esse academismo insosso que as universidades produzem.

Dos três, João Lucas era o único casado — e já com três filhos, o quarto a caminho.

Na sobremesa (pudim), a conversa evolui para a situação política.

— O pior dano do governo trabalhista ao país — diz Ismael — não foi econômico, nem mesmo político. Foi cultural.

— Uma geração inteira cresceu cercada pela idolatria do *lumpem-proletariado* — diz João Lucas: — Prostituta, traficante, bicheiro... os novos "heróis nacionais".

— No Brasil de hoje, o criminoso é solto nas audiências de custódia — diz João Lucas. — Se for preso e preencher alguns critérios, os dependentes dele recebem até auxílio. E as vítimas? quem se preocupa com elas?

— Isso sem falar na divisão da sociedade em minorias — diz Ezequiel.

— Mas — você pergunta, olhos dum para outro — não é importante se preocupar com os desassistidos?

Você se arrepende em seguida. Se os conservadores são como

pensa, será escorraçado por discordar.

No entanto, se sua pergunta criou alguma tensão, nenhum dos demais demonstra.

— Com os desassistidos, sim — diz Ismael. — Mas se preocupar com os desfavorecidos é bem diferente de subverter os valores greco--cristãos de nossa sociedade.

— Uma sociedade precisa de coesão — diz Ezequiel. — Coesão que é perdida quando o Estado começa a incentivar as pessoas a se verem como minorias, e não como parte dum todo.

Você constata, com surpresa, que nunca colocou para si essas questões. Aliás, nunca se questionou muito sobre suas ideias progressistas — era como se elas fossem da ordem natural do mundo, como a Lei da Gravidade.

Ao saírem do restaurante, rumo ao metrô, você sente que algo mudou em você.

Meia hora mais tarde, você sai da estação do metrô, no largo. Está acompanhado de Ezequiel, que, acaba de descobrir, mora no bairro contíguo ao seu.

Decidem comer acarajé, junto a um carrinho duma baiana, ali no largo mesmo, em frente à igreja.

Enquanto a baiana, de bata, ojá na cabeça e fios de contas no pescoço, prepara dois acarajés, Ezequiel pergunta:

— Você costuma ir à igreja?

— Não.

— Devia.

— Eu... fui criado como católico, mas... — ia falar "virei ateu", mas em vez disso diz: — ...deixei de crer.

Ezequiel suspira e meneia a cabeça. Você diz:

— Não acho que isso seja um grande problema.

— Talvez seja — ele se aproxima de você e, olhos ao redor, como se alguém os observasse, diz quase num sussurro: — Em meus anos no seminário, eu... — parece procurar as palavras — ...eu aprendi a sentir quando alguém precisa de Deus.

A conversa começa a lhe incomodar. Quem é Ezequiel para dizer do que você precisa? Tinham acabado de se conhecer, ora essa... E por que a voz baixa, como se estivessem em situação de perigo?

Ao mesmo tempo, você se lembra do rumo que sua vida tomou. E se Ezequiel estiver certo? e se você precisa de Deus?

— Eu agradeço a preocupação — termina por dizer —, mas não se força uma crença.

— Claro que não — Ezequiel ri e recua um passo, a voz agora de novo em tom normal: — Olhe, que acha de começar a ler a Bíblia? Mesmo que só por interesse literário?

— Acho uma boa — você responde, no momento em que a baiana chega com os acarajés.

17

Na segunda-feira de manhã, você está no meio da escrita dum *e-mail* quando Hipólito aparece à porta e diz a todos:

— Reunião! Agora!

Todos pulam da cadeira e entram na sala, às pressas. Hipólito sempre constrangia os que, por desatenção ou por terem que terminar algum serviço, demoravam demais para entrar em reunião. Ninguém demorava, portanto.

O último a entrar nem fecha a porta e Hipólito já começa:

— O diretor de Refino acaba de ser preso.

Todos se entreolham. Hipólito continua:

— Edgar Falcão foi preso também.

Você lembra da conversa interrompida no gabinete, da conversa com o empreiteiro, da atitude estranha de Edgar naquela noite na boate; ele já devia saber, por informantes, que a prisão ocorreria, cedo ou tarde.

Hipólito capta seu olhar e ri:

— Aproveitou seu sucesso enquanto durou?

— Qual o motivo da prisão? — a pergunta de Kalina lhe livra de responder à provocação.

— Licitações superfaturadas. Alguns jornalistas já estavam cavando isso, mas estávamos conseguindo negar. Agora, não dá mais.

Há um silêncio, e então todos escutam, do lado de fora: os telefones. Jornalistas. Hipólito continua:

— Vamos constituir uma força-tarefa para atender à imprensa. Vai ser assim ...

Enquanto ele explica como ocorrerá o trabalho, você só consegue refletir sobre como, em nossa vida, tudo pode ruir em instantes.

Nas três semanas seguintes, a atenção do país inteiro se volta à empresa em que você trabalha. Isso porque a prisão do diretor de Refino e de Edgar Falcão foi somente a faceta visível duma investigação que ocorria em sigilo há meses e que devassou dezenas de contratos firmado pela empresa com fornecedores, no Brasil e no exterior.

Todo dia, quando você chega ao trabalho, o setor agora todo voltado para a comunicação de crise, depara-se com algum fato novo: o presidente da subsidiária responsável pelo transporte marítimo também é preso e faz acordo de delação — o primeiro de vários que se seguem, à medida que as prisões se sucedem, atingindo gestores do alto ao médio escalão; o diretor da área internacional é o próximo a ser preso, logo seguido pelo presidente da subsidiária de distribuição; as delações de todos, e mais a do diretor de Refino, divulgadas nos meios de comunicação, dão conta dum sistema que desviava dinheiro da empresa para o financiamento das campanhas políticas dos candidatos do governo trabalhista, nas esferas federal, estaduais e municipais — o esquema denunciado há anos pelo senador ex-aliado agora desvelado em plenitude.

De par com isso, o subsídio ao preço dos combustíveis mina o caixa da empresa, dia a dia — sangramento denunciado pelos jornalistas e pela oposição. Os editoriais dos jornais, que haviam saudado a indicação da presidente da empresa como um exemplo da ascensão das mulheres na sociedade, agora lhe pedem a renúncia, bem como da diretoria. O movimento contra o governo aumenta na sociedade, o candidato liberal cresce nas pesquisas para as eleições presidenciais daquele ano — a hegemonia de três mandatos do governo trabalhista pela primeira vez ameaçada.

Por meio de entrevistas com economistas da empresa, para subsidiar respostas e notas aos meios de comunicação, você descobre que a situação financeira é pior do que o divulgado pelos jornais.

— A empresa está à beira da bancarrota — lhe diz um deles. — Ou ela reajusta os preços, ou quebra.

— Pensei que uma estatal não pudesse quebrar — você diz.

— Uma estatal não entra em falência, por imperativo legal. Mas o governo pode vender o controle acionário para a iniciativa privada, se entender que não é mais compensador continuar como acionista controlador. Ou até privatizar a empresa inteira.

— Uma privatização não precisaria passar pelo Congresso?

— Você acha que o Congresso vai se desgastar na defesa duma empresa envolta num escândalo assim?

Você começa a temer por seu emprego. Tenta discutir o assunto com os demais; posiciona-se contra a corrupção e contra o subsídio. Eles mudam de assunto — estão pouco à vontade com você depois da discussão na praça.

Suas horas de trabalho agora chegam a dez, doze por dia — sempre sob os brados de Hipólito, receoso de qualquer erro que lhe custe o cargo.

No pouco tempo livre que lhe resta — noites e fins de semana —, você enfrenta o cansaço e começa a ler, para apresentar na salinha, *Os anos de aprendizagem de Wilhelm Meister*, de Goethe.

Por conselho do grupo da salinha, você se matricula no curso *on-line* do professor Osvaldo Albuquerque.

O impacto das aulas é imediato. Cada palavra dele exala sabedoria.

A lógica de raciocínio, a erudição, a capacidade de expressão — de repente você está à frente dum intelectual como até então jamais vira.

As aulas que mais lhe atingem são as que lhe fazem refletir sobre seu papel no mundo.

— O que você, e só você, é capaz de fazer? — pergunta aos alunos numa das aulas o professor, cabelos brancos, olhos de lentes grossas, um cigarro sempre à mão, numa piteira. — Responda a isso e você saberá seu papel no mundo.

Você encomenda os livros do professor e os lê, um a um. A obra abrange desde polêmicas políticas até estudos filosóficos — tudo entremeado de História, Artes e Literatura, e escrito num português que lhe impressiona tanto, pela elegância e fluência, que você volta a estudar a língua: lê antigos manuais de estilística, estuda gramáticas, relê clássicos brasileiros e portugueses. Logo lhe volta o desejo de escrever um romance — e desta vez você está decidido a levar o projeto adiante.

Também passa a ler trechos da Bíblia. Começa a se aprofundar na doutrina católica, em que encontra respostas para algumas questões que lhe angustiam. E se estivesse errado por todo esse tempo? E se Deus existe? A vida talvez fosse mais fácil — significa acreditar que tem um sentido, um propósito.

Por outro lado, acreditar em Deus não significa perder a liberdade?

— Que liberdade é possível com uma autoridade divina sobre nós? — pergunta a Ezequiel, as conversas no largo agora rotina, após as apresentações na salinha, sempre ao sabor de acarajé, churros ou pipoca.

— Deus deu a cada um o livre-arbítrio — disse Ezequiel. — Nós somos livres para tomarmos as decisões que quisermos; o que é isso senão a mais pura liberdade?

Mas enfim para que Deus? Será que é preciso ter Ele em nossas vidas para sermos felizes?

— Há muitos que não acreditam em Deus e são felizes — você diz.

— Bem-sucedidos, talvez. Felizes? — o amigo procura as últimas pipocas no fundo do saco: — Você acha que é possível, nos dias atuais, resistir às dispersões do mundo sem a presença de Deus?

Você não sabe o que responder.

Um dia Ezequiel convida:

— Que tal irmos pra missa algum dia desses?

— Aqui? — você aponta para a igreja no quarteirão contíguo ao largo.

— No mosteiro. Lá eles fazem a Missa Solene.

Combinam para dali a alguns domingos.

Você volta a escrever seu romance. E desta vez algo acontece. As ideias povoam sua mente e fluem para a tela do *laptop* com uma intensidade que há anos você não tinha. O português literário de repente volta a existir na sua vida — e você percebe que ele sempre esteve ali, soterrado pela linguagem funcional, sem criatividade, a que se habituara em anos de ambiente corporativo.

Escreve à noite, nas madrugadas, nos sábados e nos domingos. É exaustivo, mas você não liga para conforto. Só lhe interessa o exercício da vocação — a vocação que, compreende agora, sempre soube qual era, mas para a qual evitava olhar de frente.

Você também se põe a ler literatura política conservadora: Burke, Kirk, Buckley...

Aprende com eles que a tradição, esse termo que até então você rejeitava, é o que nos orienta na sociedade, mesmo que não saibamos disso. Como uma teia de aranha tão fina que não víssemos, mas forte o suficiente para nos mudar de direção, ela nos guia em nossas responsabilidades, em nossos sentimentos e valores, em nossas regras de conduta. É graças a essa tradição que há uma coesão na sociedade.

Aqueles que tentam destruir a tradição acabam por destroçar essa coesão social. Criam assim uma sociedade de indivíduos isolados, sem nada maior a que possam pertencer ou pelo qual possam lutar — escravos prontos para o populismo, a demagogia, o materialismo.

Como você pôde ser contra isso? como pôde ser contra um modelo de sociedade em que havia uma coesão, um senso de comunidade?

Não é aliás isso que falta ao Rio? — cidade onde todos, devido à ausência dum conjunto de valores em comum, vivem suas vidas sem se importar com o próximo, o hedonismo individualista o único objetivo a seguir? Como um doente pode rejeitar o remédio?

Você vira um conservador.

Não: descobre que sempre foi um conservador.

18

Sentado dentro do confessionário, você esfrega as mãos uma na outra, na tentativa de conter o nervosismo. Ezequiel lhe explicou que precisa se confessar, antes da missa — sem o que o sacramento da comunhão não se efetiva.

Do outro lado da grelha, o padre, talvez impaciente de esperar que você tome a iniciativa, pergunta:

— Quando foi sua última confissão, meu filho?

Você hesita alguns segundos, antes de responder:

— Durante a Primeira Comunhão.

— Por que tanto tempo longe de Deus?

— Eu... me entreguei a uma vida de pecado, padre.

— Quais pecados, meu filho?

— Promiscuidade sexual. Cigarro. Bebida. Eu vivi para saciar meus apetites.

— Há quanto tempo você vive assim? na luxúria?

Desde há muito, até onde você se lembra...

Só agora lhe vem à mente que sua vida sempre foi como um filme numa sequência única; não consegue delimitar marcos, delimitar o início e o fim duma fase. Um calafrio lhe percorre o espinhaço, quando você pensa em como sua vida não tem uma narrativa; consiste apenas de fragmentos, lampejos, desprovidos de sentido, fracionados, como estilhaços dum espelho partido.

À pergunta do padre, você, pela primeira vez, tenta juntar as pontas soltas...

Desde quando? desde quando começou? quando começou a sua queda?

Talvez tenha começado quando, em Fortaleza, depois de dois anos, você abandonou o jornalismo de redação — o primeiro de seus projetos profissionais fracassados.

Começou a trabalhar como assessor de comunicação numa agência. Foi designado para cuidar das necessidades dum dos mais importantes clientes: a empresa estatal que administrava o aeroporto da cidade.

O gerente-geral do aeroporto — olhos de lince, cabelos e bigodes brancos alinhados, sempre de ternos elegantes — logo passaria de cliente a chefe informal, a controlar seus horários, sua postura, suas tarefas.

Entediou-se com o trabalho em poucos meses. Como se motivar com um emprego de horários rígidos de entrada e saída? com reuniões que pareciam tomar todo o expediente? com a redação de *releases* para veículos de comunicação e de conteúdo para público interno — atividades que você considerava menores, em relação às que fazia na redação de jornal?

O chefe no entanto não parecia desmotivado. Nem os demais empregados, que chegavam a comparar o aeroporto a uma cachaça, em que se viciavam todos os que trabalhavam ali.

Você sentia culpa por sua desmotivação — até que aos poucos, já conhecendo melhor cada um dos colegas, percebia que a maioria odiava o que fazia; só fingiam gostar, para manter as aparências, enquanto, de modo sorrateiro, descarregavam as frustrações uns nos outros — por meio de difamações, boicotes e disputas por espaço, sempre nos bastidores.

Aprendeu no aeroporto algo que lhe espanta até hoje: a maioria das pessoas não gosta do que faz para viver — mas tampouco se esforça para mudar, por comodidade ou temor da mudança. Passam pela vida sem realização profissional, preocupadas somente em fingir que a obtiveram.

Algo em você lhe impelia a ser diferente. Não queria terminar como tantos que via ali.

Decidiu lutar contra o tédio e dar-se todo ao desafio que tinha à frente.

Não se preparara na universidade para ser assessor de comunicação. Teve que aprender o máximo que podia, em pouco tempo, com cursos, seminários, palestras e livros. Cortou contato com os amigos da faculdade: estava num novo momento, num recomeço — não queria nada que o ligasse ao passado.

Para ter privacidade, saiu da casa dos pais para morar de aluguel num apartamento de quarto e sala, perto do aeroporto. Transformou um dos quartos num escritório, onde colocou um computador, uma escrivaninha e uma estante com livros.

Trabalhava numa sala cedida pelo gerente-geral, no térreo do terminal de passageiros. Assessoria de imprensa, preparo de eventos, cerimonial e protocolo, fotografia, comunicação interna — cuidava disso tudo e do que mais aparecesse.

Cheio de funções, interagia com muitos setores do aeroporto. Assim, conheceu vários profissionais das lojas, das companhias aéreas, lanchonetes, dos restaurantes — profissionais para os quais você se tornou o "rosto" do aeroporto.

Entre esses profissionais havia, claro, mulheres. Muitas o reputavam como importante junto à estatal — equívoco que decidiu usar a seu favor: passou a sair com várias; saíam dali mesmo do aeroporto rumo a um bar ou restaurante — e depois, se corresse tudo bem, a um motel.

Foi nos motéis, depois do sexo, que você começou a fumar para valer. No começo, a nicotina o nauseava, como nos tempos de colégio e da universidade; mas aguentou, persistiu, e o corpo enfim se habitou.

A maioria das garotas não lhe procurava depois da noite de sexo; nem você a elas. Algumas enviavam mensagens de celular, às quais você não respondia — e elas não insistiam. Sem perceber começava a agir segundo um padrão: busca do sexo, fuga da intimidade afetiva.

Foi nessa época também que passou a beber de verdade. Com o salário equivalente ao dobro do que ganhava no jornal, à cerveja se juntou o vinho. Bebia durante os encontros, ou sozinho em casa nos fins de semana, ou mesmo no meio da semana, à noite.

À medida que trabalhava, ganhava a confiança do gerente-geral, que logo se tornaria um mentor, a lhe dar conselhos profissionais ("escute mais do que fale", "deixe a vida pessoal fora do trabalho", "não protele tarefas").

Por outro lado, a cada tarefa realizada apareciam mais duas, três, quatro; de repente se via a trabalhar dez horas por dia — o almoço engolido às pressas, na praça de alimentação, o jantar no mais das vezes reduzido a batatas fritas, refrigerante e sanduíche.

À noite, recusava-se a dormir cedo; recusava-se a aceitar que o tempo livre se limitasse a algumas poucas horas. Até porque era após a jornada de trabalho que sentia alívio e vigor: varava as madrugadas a ler, a assistir a séries e filmes na TV a cabo, a ouvir música. No dia seguinte acordava em cima da hora, tomava café preto com açúcar, comia um pão com ovo e, muitas vezes sem sequer fazer a barba, enfrentava o trânsito rumo ao aeroporto.

Em alguns meses, o álcool, a alimentação deficiente, a privação de sono e o acúmulo de tarefas fizeram com que o desempenho no trabalho começasse a cair.

O chefe, cada vez mais decepcionado com você, reclamava:

"sempre atrasado!", "precisa entregar as coisas no prazo!", "como você não viu essa matéria no jornal com críticas ao aeroporto?!"

Você cogitava discutir, argumentar que trabalhava mais que a maioria ali, e justamente por isso, por ter assumido muitas tarefas, não conseguia mais ter o desempenho de antes. Mas ficava calado...

(*quando o chefe manda, é baixar a cabeça e obedecer*)

...até porque esse argumento não era de todo verdade. Trabalhava, sim, mais que a maioria; mas se tivesse hábitos mais saudáveis talvez desse conta das tarefas. Recusava-se no entanto a organizar toda sua vida em função do trabalho; sofria duma contradição que na época não conseguia articular em palavras: punha a carreira como centro de sua vida, mas não ajustava sua vida à carreira.

Após um ano, não aguentava mais. Começou a procurar uma alternativa. Não encontrou nenhuma. Na sua área, os salários bons restringiam-se aos profissionais com rede de contatos. Não era o seu caso.

O desejo de sair de Fortaleza, há algum tempo esquecido, voltou a lhe invadir.

— Não tem campo pra minha área aqui — queixava-se a Valdívio, operador aeroportuário, concursado na estatal que administrava o aeroporto, e seu melhor amigo ali. Rosto sempre barbeado, cabelos partidos ao meio, roupas cheirando a amaciante, o outro tentava demovê-lo:

— Sabe o custo de vida numa metrópole?

Valdívio não tinha problema em trabalhar no aeroporto. Talvez porque adorasse a área de aviação. Formado em Administração, conhecia gestão, ambicionava ascensão.

Às vezes saíam, junto com outros do aeroporto, para o *point* do momento: a recém-inaugurada boate de três ambientes, próximo ao centro cultural. A noite já avançada, Valdívio se preocupava contigo:

— Não acha que está bebendo demais?

Você o ignorava, o copo de caipivodka numa mão enquanto, com a outra, procurava a carteira de cigarros no bolso da calça *jeans*.

— Não pode fumar aqui — disse Valdívio. Como a comprová-lo, um segurança, a alguns passos dali, espetou os olhos em você.

— Desde quando não se pode fumar numa... boate?

— Desde a semana passada. Lei estadual. Sabe, acho que daqui a alguns anos fumar vai ser fora de moda.

— De onde você tira essas ideias?

Desiste do cigarro, compensa na caipivodka.

Às vezes você lia na internet textos de *blogs* — diários *on-line* em que os autores narravam o dia a dia deles, ou emitiam opiniões. Comentou sobre eles com Valdívio, e ele sugeriu que você começasse um:

— Você não está sempre indo e vindo com essa vontade de ser escritor? Os novos escritores vão surgir daí.

Você riu:

— Daqui a um ano ninguém mais vai ouvir falar de *blogs*.

Na verdade, sentia-se cada vez mais longe da literatura. Ainda lia, mas sentia que aquele mundo lhe era cada vez mais distante. Às vezes voltava o desejo de escrever, rabiscava algo, mas depois rasgava o papel e jogava no lixo.

A ficção e a poesia haviam dado lugar a livros de história, biografias, ensaios. Capaz de ler em inglês com alguma desenvoltura, procurava livros importados, mas tinha dificuldade de encontrar.

— Compra *on-line* — sugeriu Valdívio uma tarde, enquanto andavam pela área de embarque para organizar a chegada da seleção brasileira, que disputaria um amistoso na cidade.

— *On-line*?

— Tem uma loja de varejo nos Estados Unidos que vende livros. Aliás, começou com livros, mas hoje vende tudo.

— Não tem risco de clonarem meu cartão?

— Eles usam criptografia. É seguro. Dizem que no futuro todo mundo só vai comprar *on-line*.

— Lá vem você com essas previsões...

Após algumas semanas de resistência, comprou um livro na loja que Valdívio indicara. Demorou uns três meses, mas a mercadoria chegou, em bom estado.

Começou a importar outros. A maior parte deles vinha do

mercado editorial dos Estados Unidos, país por cuja história, sociedade e cultura você passou a desenvolver um interesse cada vez maior. Fascinava-se por quão vasto era o mundo para além de Fortaleza.

Numa noite após o trabalho, enquanto contemplavam os pousos e as decolagens dos aviões através da vidraça panorâmica do mirante do terminal de passageiros, Valdívio lhe disse:

— Abriu concurso pra jornalista.

— Virar servidor público? Tô fora. Eu vi aqui como as coisas funcionam numa estatal.

Valdívio tentou convencê-lo: era para a estatal brasileira de petróleo — maior empresa do país, salário bom, benefícios *idem*.

— Faz o concurso pelo menos. Se passar, decide. Se decidir entrar, tenta ficar lotado em Fortaleza.

Uma ideia lhe apareceu de súbito:

— As vagas não são pra cá?

— São nacionais. A lotação é decidida depois.

— Onde fica a sede da empresa?

— No Rio.

Você viu ali a sua chance.

Ao passar no concurso, você via o emprego público como o início duma nova fase de sua vida. E se sentia preparado para isso: novo emprego, nova cidade, longe da família e dos amigos — distante de todos que tivessem alguma visão preconcebida a seu respeito. No Rio poderia se reinventar, poderia se tornar qualquer um que desejasse.

Decidiu aceitar o novo caminho. Não só isso: aceitou que sua vida consistia nisto: reinventar-se, mesmo que à custa da desistência do que conquistara antes.

Só não contava que os vícios adquiridos iriam acompanhá-lo — você reflete enquanto termina de contar ao padre, em resumo, o que perpassou sua lembrança em detalhes.

— Eu nunca achei que havia algum problema em se divertir, padre.

— Se divertir é diferente de se entregar, sem controle, à satisfação dos instintos.

— E como saber a medida certa?

— Para isso serve a temperança, uma das virtudes cristãs.

Você meneia a cabeça:

— Eu nunca imaginei que isso fosse um problema sério.

— Você se sente perdido, sem rumo, sem algo que o motive a seguir em frente?

Seus olhos marejam. O padre parece tomar seu silêncio como um "sim" e prossegue:

— Isso ocorre porque os apelos do mundo te impedem de encontrar teu propósito na vida.

— Desculpe, padre, mas não consigo entender.

— O indivíduo sem Deus é vítima fácil das tentações físicas e morais do mundo.

Você tem um espasmo nos ombros, enquanto o padre continua:

— Essas tentações envolvem o homem como que num nevoeiro. Ele só consegue ver o que está a um passo dele. Não enxerga, mais à frente, o propósito de vida que Deus lhe reservou.

Você começa a compreender que talvez a vida que tem levado até hoje não se deva só ao Rio de Janeiro — mas a algo sombrio que teima em fincar raízes em você.

A esse pensamento você estremece, e esfrega as mãos geladas, uma na outra.

19

Antes de sair para o trabalho, você tenta mais uma vez fazer o pombo voar.

Com a ave nas suas mãos em concha, você a impulsiona — agora um pouco mais alto que na ocasião anterior.

O pombo bate as asas, eleva-se alguns centímetros para além de onde o impulso o deixou — mas então, como se lhe faltassem forças, as asas param e ele retorna a suas mãos.

Você devolve o pássaro à gaiola e sai.

Na quarta semana após a prisão do diretor de Refino, a presidente da empresa e os diretores, pressionados todo dia pelos jornalistas, acabam por entregar os cargos. São substituídos por interinos e, em alguns dias, por um presidente e uma diretoria indicados pelo governo em caráter de emergência, quase como interventores.

A nova diretoria baixa de imediato uma reestruturação na empresa, com vistas a reduzir custos e aumentar o rigor nas práticas de governança e conformidade. Setores inteiros serão fundidos, outros extintos, e centenas de cargos gerencias eliminados.

No dia do anúncio da reestruturação, Hipólito convoca uma reunião e diz:

— Nossa gerência vai ser absorvida por outra. A empresa vai abrir um processo de transferência. Já a partir de amanhã todos podem começar a procurar por novas vagas.

Você tem a impressão de que o chão se desintegra sob seus pés. Sabe que esses processos de busca de vagas beneficiam os que têm a melhor *networking*. Não é o seu caso.

À noite, você ainda se preocupa com a busca por vaga enquanto toma um chope e come um quibe num restaurante árabe, a um quarteirão do edifício da empresa.

Em meio à preocupação, você se esforça para escutar Dionísio, sentado à sua frente. Ele discerne sobre o romance *A educação sentimental,* de Flaubert:

— Não tem mais lugar pra essas grandes narrativas, que tentam construir um painel da sociedade. Hoje o bom artista é minimalista, porque...

Você deixa de prestar atenção. Está cansado. Cansado dessas conversas regadas a chope, cansado de que a literatura tenha se limitado em sua vida aos *happy hours* à noite. Espalha a vista pela mesa — e finalmente descortina os amigos como de fato são:

Dionísio. O letrado com ambições intelectuais, mas que, incapaz de suportar o trabalho que um plano de vida assim requer, troca-o pela glória da mesa de bar. Abdica de ser um intelectual genuíno para se tornar um intelectual de exibição, dando à plateia a imagem romântica que os iletrados têm dum homem de letras: um *bon vivant* refinado, excêntrico, tresloucado — dentro, claro, dos limites da normalidade burguesa: polêmico na superfície, nunca nos fundamentos. Dionísio é a atração da festa, o apresentador de auditório, o macaco de realejo da classe média-alta *hipster*.

Jairo. O narcisista. Tudo o que faz é para se apreciar no espelho e dizer a si mesmo o quanto ele é maravilhoso e superior aos demais. Incapaz de empatia, incapaz de se preocupar com qualquer um, exceto consigo próprio.

Paulo Sérgio. O capacho. Prefere viver à sombra dos demais a ter luz própria.

Bruna. A ninfomaníaca. Vive pelo sexo, não pelo afeto. A preocupação com a alimentação, com a forma física, com o meio ambiente, meros paliativos dum vazio interior, decorrente da incapacidade de se apegar a alguém.

Que houve com você? — pergunta-se. Como foi terminar assim: numa cidade que odeia, e em meio a amigos que fracassaram? Sim, porque é isto que são: fracassados. Não interessa se ganham bons salários ou têm patrimônio — fracassaram porque não vivem a vocação deles, não têm um propósito de vida, não oferecem nada a seus semelhantes, exceto discursos.

Súbito, você sente desprezo por eles.

Enquanto Dionísio continua a falar, lhe vem a lembrança referente a ele de que não conseguia se recordar:

— Truman Capote.

Dionísio se cala. Todos olham você.

— O quê? — pergunta Dionísio, e sem esperar resposta: — Como eu dizia—

Você o interrompe de novo:

— Você me lembra Truman Capote.

Dionísio ri:

— Tá dizendo que eu escrevo bem?

Você gargalha. Então, diz:

— Truman Capote, a mascote intelectual dos bem situados.

Dionísio franze o cenho:

— Como assim?

Você passa os olhos sobre todos:

— Vocês já pararam pra pensar que podem estar do lado dos fascistas? que *vocês* são os fascistas?

— Tá doido? — pergunta Dionísio.

— O governo que nós apoiamos está afundando na lama. E vocês escolhem olhar pro outro lado?

— Eu já disse, cara, pra tu não criticar o gov—

— Ou o quê? O grande intelectual Dionísio vai me derrotar num debate?

Conclui que atingiu um nervo quando Dionísio abre a boca, mas nada diz. Antes que ele se recupere, você continua:

— Aliás, o romance social ou realista, que você chama de "grande narrativa", continua sim a ser praticado até hoje. Você nunca ouviu falar de Tom Wolfe? Jay McInerney? Michel Houellebecq?

Dionísio olha para os demais. Você sabe que entrou num caminho sem volta: expôs o outro junto ao grupo, desafiou-lhe a posição de líder intelectual. Continua:

— Você conheceria se lesse jornalismo cultural de verdade, e não os cadernos de cultura aqui do Brasil. Já leu a *The New Criterion*? A *The New Quartely*? Ou—

Dionísio põe a mão espalmada sobre a toalha da mesa:

— Tu tá lado dos opressores, cara?

— O que é um opressor, afinal? — você pergunta.

— É quem usa o poder pra oprimir quem tá embaixo, ora.

— Se o empresário paga ao empregado em dia, como ele é opressor?

— Tu é burro?! O burguês sempre paga menos do que o empregado merece. Daí vem o lucro dele.

— E quando você, Dionísio, contrata um serviço, não tenta pagar o mínimo possível?

O outro morde os lábios:

— O que isso tem a ver—

— Você não é um opressor quando vai atrás do serviço mais barato? Não está se apropriando de dinheiro que deveria ir pra mão de obra? Dionísio esmurra a mesa — o que chama atenção dos fregueses das mesas vizinhas — e diz:

— Você acha que esses estratagemas verbais funcionam comigo, cara?

— O termo correto pra esses estratagemas é "diálogo socrático". E sei que não funcionam contigo; só com pessoas inteligentes.

Dionísio recua as costas na cadeira. Você o fita; não enxerga os demais — mas sente os olhos sobre você, bem como os dos fregueses das mesas mais próximas, que pararam de conversar para assistir à cena. Durante alguns segundos, o silêncio na mesa é absoluto. O único som que você escuta, abafado pelas janelas de vidro do restaurante, é o ronco do motor dos carros no trânsito lá fora. Você vê de relance que o garçom, que passava para atender um pedido, pára e aguarda, sem parecer saber ao certo que atitude tomar.

Então, num pulo, Dionísio se ergue da cadeira, punhos cerrados:

— Quem tu pensa que é?

Você continua sentado. Anos de abuso por Hipólito haviam o ensinado a aparentar calma mesmo em situações tensas. É o que tenta fazer agora, enquanto a musculatura de suas costas se enrijece, sua barriga se contrai, suas mãos ameaçam tremer.

Paulo Sérgio se ergue e segura Dionísio pelos ombros:

— Calma aí, calma aí. Sem exaltação.

Você e Dionísio se fitam, sem dizer palavra. De través, você enxerga que o garçom ainda aguarda o desenrolar do conflito. Sente o olhar dos demais fregueses sobre a mesa.

Então, Dionísio lhe aponta o dedo indicador em riste:

— Tu não é mais bem-vindo neste grupo.

Sem dizer palavra, você se ergue e sai, sob os olhares dos demais, dos fregueses das mesas mais próximas e do garçom. Tende a cambalear devido à bebida, mas tenta manter o andar firme enquanto passa pela porta.

Você não fica surpreso com a situação. Era o caminho natural das mudanças pelas quais tem passado.

O que o surpreende mesmo, enquanto alcança a rua, é que não sente mais raiva de seus agora ex-amigos. Ao contrário: sente por eles compaixão — a compaixão que se deve sentir pelos prisioneiros duma caverna escura para os quais a luz jamais aparecerá.

Enquanto passa pela catraca do metrô, você telefona para Mainara:

— Está onde?

Barulho de música e vozerio ao fundo, enquanto ela responde:

— No "*rock*".

— Pode me encontrar?

— Claro, querido.

Você desce as escadas rumo à plataforma:

— Se incomoda se... desta vez for diferente...?

— Como assim?

— Se vier só pra conversarmos. Sem dinheiro ou pedidos. Eu preciso conversar.

— Tá me achando com cara de quê?

— Eu só—

Ela desliga.

Você fica ali, de pé na plataforma, celular na mão. Os passageiros a seu redor o olham, alguns se afastam — você conclui que está mais bêbado do que imaginava.

Quando seu trem passa, você entra, mas já sabe que descerá algumas estações após seu bairro. Vai atrás de Mainara.

Você localiza Mainara em meio a três amigas, na pista. Tem dificuldade de chegar até ela: o lugar apinhado, o fedor de fumaça de maconha sufocante, o álcool a desorientá-lo. Precisa acotovelar os demais para avançar — um ou outro reclama, você não consegue ouvir, o som duma música do *The Killers* a abafar qualquer voz humana que fale alto; você vê de relance que um segurança começa a segui-lo com os olhos, mas não tem tempo de se preocupar com isso: acaba de chegar até Mainara; toca-a no ombro e fala alto, de modo que ela escute:

— Tenho que conversar contigo.

No momento em que se depara com você, ela retesa o corpo e cerra os lábios, interrompendo pelo meio algo que dizia na conversa. Ela volve os olhos entre as três amigas, que lhe observam, e diz a elas:

— Volto já.

Ela conduz você pelo braço até um canto, longe das vistas das amigas. O segurança segue ambos e passa a acompanhar a cena, a alguns passos de distância.

— O que você tá fazendo aqui? — ela pergunta.

— Por que você desligou o telefone?

— Você pensa que pode se embriagar e vir aqui me expor?

— Por que você desligou o telefone?

— Porque eu não faço caridade. Se não paga, não tem.

— E aquela história de "nada profissional, frio, mecânico"?

— Olha, é melhor você ir.

Você a agarra pelo braço, puxa-a para você, tenta beijá-la. Ela desvia o rosto, tenta fugir; você a segura pelos quadris, com os dois braços; ela resiste, tenta lhe empurrar com as mãos, mas você avança com o rosto, está a ponto de beijá-la, seus lábios já roçam nos dela — quando de súbito alguém pega um de seus braços e prende-o atrás das tuas costas. Livre, Mainara se afasta, às pressas, de volta às amigas.

Você grita por ela, enquanto o segurança, tendo-o prendido pelo braço, o conduz pelo meio da pista até uma das paredes.

Você tenta se libertar, mas a cada movimento seu o segurança ergue seu braço rumo à sua cabeça, e a dor faz você parar. Percebe que é inútil resistir — deixa-se assim levar até a parede, onde outro segurança, à espera, abre uma entrada de apoio, pela qual você é arremessado para o lado de fora do *pub*.

Você cai de costas na calçada, e o segurança fecha a entrada de apoio.

Você se ergue. Bamboleia, devido à embriaguez e à adrenalina. Após alguns segundos, está mais firme no seu equilíbrio. Olha ao redor. Está numa rua transversal àquela onde fica a entrada do *pub*. Tira o celular do bolso dianteiro da calça *jeans,* para chamar um táxi. Não quer voltar para casa; vai procurar outra balada. O aparelho está descarregado. Pragueja e o guarda.

Então, põe-se a caminhar a esmo, na esperança de esbarrar nalguma balada.

Ao chegar numa rua com transeuntes — sinal talvez dalguma balada perto —, compra cerveja dum vendedor ambulante. Enquanto bebe, volta a caminhar.

Depois de alguns minutos chega à fachada duma gafieira. Termina de beber a cerveja, joga a lata no chão e, após pegar um cartão de consumação com uma das recepcionistas, entra.

No salão, mal escuta o samba devido ao entorpecimento alcoólico.

Avista uma garota, chega perto, chama-a para dançar; ela responde algo, você não escuta, tenta agarrá-la; ela lhe empurra, você a insulta, só então percebe que ela está acompanhada por um homem, que lhe dá um soco e—

—você acorda com a sensação de que alguém acaba de arrancar um de seus tênis.

Entreabre os olhos. Está de costas numa calçada. Escuta conversas.

De repente sente alguém retirar seu outro tênis.

Soergue-se, a tempo de ver dois meninos de rua saírem correndo, carregando seus calçados.

Você se senta. Sua mandíbula está dolorida pelo soco. A seu lado, sua carteira está aberta; você a pega e constata o que já imaginava: os meninos levaram todo o dinheiro.

Você se ergue. Só então sente: fedor de vômito. Olha para si mesmo: nas pernas, quadris e estômago, suas roupas estão cobertas de vômito.

Em que momento vomitou? Não lembra...

Passa em revista os arredores. Parece que ainda está no mesmo bairro de antes.

Põe-se a caminhar. Atravessa uma, duas ruas, até chegar a uma avenida. Logo avista os arcos, e a partir dali sabe o rumo de casa.

Começa a andar, os pés cobertos apenas por meias.

Sente fome e sede. Ao passar perto dum lixo, ajoelha-se, à procura dalgum resto de comida.

Nada.

Continua a caminhar.

20

Você caminha há quinze minutos.

Está frio, mas ainda assim você transpira. Tem dificuldade de respirar, devido ao cansaço. A fome e a sede parecem corroer as entranhas. Enquanto anda, uma névoa começa a se formar acima de sua cabeça. Um travesti se aproxima de você. Recua ao ver o vômito em suas roupas.

Um trovão estronda. Você ergue os olhos: acima da névoa, nuvens escuras.

Um relâmpago cai. Você se lembra da última noite de raios e se assusta.

Continua frio, embora você transpire, o suor já tendo encharcado sua blusa nas costas e nas axilas.

À medida que caminha, a névoa acima se adensa e embaça a luz dos postes.

Você dobra numa rua transversal. Está perto de casa agora.

A cada passo seu, a névoa desce mais e mais, até chegar ao chão, a luz dos postes agora restrita a fulgores embaciados. O ruído de seus passos na calçada se entremeia ao de ratos que correm entre os montes de lixo. O ar se tornou úmido, mas seus lábios estão ressecados.

Depois de alguns minutos, você pára de caminhar. Está cansado. Ajoelha-se. Começa a chorar.

Está cansado — cansado de apanhar na vida, de trabalhar, de buscar algo que nunca parece alcançar; cansado das noites de sexo sem afeto, do álcool, da nicotina, da gula, dos vícios enfim que o matam aos poucos. Enquanto sofre, os desonestos e carreiristas têm tudo, fazem o que querem, vivem a vida segundo as próprias regras.

Você põe as mãos sobre o chão sujo. Lágrimas escorrem por suas bochechas.

Onde está Deus? — você se pergunta. Onde está Ele, enquanto os maus parecem dominar o mundo?

Os primeiros pingos d'água começam a cair.

Você sabe que não consegue mais viver como tem vivido. Mas que pode fazer? que saída há para você?

Em seu calcanhar resvala um rato.

Acima, soa um trovão.

A seu lado, barulho da água que começa a escorrer pela sarjeta.

Súbito, você se lembra de Ezequiel...

Deus deu a cada um o livre-arbítrio.

Livre-arbítrio... o poder da escolha.

Ou seja: o da responsabilidade...

Você se apruma, ainda de cócoras. Limpa as mãos sujas na calça *jeans.*

Enquanto os pingos d'água se tornam mais e mais espessos, você medita...

Durante a maior parte da sua vida, culpou o ambiente por seus fracassos... o provincianismo de um lugar, a hostilidade de outro...

Percebe agora que seu maior obstáculo sempre foi você próprio...

Sua tristeza, sua letargia, sua melancolia — que são elas senão sintomas duma fraqueza interior, que o impede de lidar com as adversidades?

144

Que tolo você tem sido! Ao tentar vencer no mundo uma batalha que não venceu ainda em você mesmo!

Sim, sua vida tem sido difícil... mas não é assim com a maioria? Será que não alcançamos a medida de nós mesmos justamente por meio do sacrifício?

Pegar atalhos, como um corrupto faz, é quebrar a harmonia sobre a qual se constrói a sociedade. O correto é trabalhar por algo, com esforço, dedicação, à cata dum fim muitas vezes fugidio. É assim que emerge a vocação submersa e se transforma em ação; é assim que nosso caráter se molda, se fortalece, se consolida em vontade — e somente assim, vocação e caráter em harmonia, temos alguma chance de alcançar o propósito de vida almejado.

Em meio às poças d'água que começam a se formar, você se ergue. Sem esforço, como se um fardo tivesse de súbito lhe sido removido dos ombros. Abre os braços, fecha os olhos e, com um sorriso, entrega-se à chuva, cujas águas o limpam do vômito, das decepções, da tristeza — de tudo de ruim, enfim, que até agora marcou sua vida.

21

Você acorda com dor de cabeça. Ergue-se da cama, vai ao banheiro e pega quatro cápsulas de analgésico.

Na cozinha, toma todas as cápsulas duma vez, com água.

Volta à sala. Fica ali, de pé, por alguns segundos, olhos a esmo. O ambiente fechado parece sufocá-lo. Precisa de ar, e sol.

Vai até a varanda. Senta-se à mesinha de madeira. Inspira o ar, olhos fechados.

É interrompido em seus pensamentos pelo arrulho do pombo, a suas costas.

Ergue-se e vai até a gaiola.

O pássaro anda dum lado para outro, como que ansioso por sair. Às vezes pára e rufla as asas.

Você abre a portinhola e o pega entre as mãos.

Ele se agita, tentando se libertar.

Junto à amurada, você abre as mãos.

A ave bate as asas, eleva-se um pouco, parece que vai conseguir

— até que de repente perde as forças, cai, ainda a bater as asas; os dedos das patas chegam a resvalar nas palmas das suas mãos, parece que não vai conseguir — então, num ápice, ele sobe de novo, até à altura de seu peito, de seus olhos, de sua cabeça — até alçar voo por sobre a amurada.

Você acompanha com os olhos enquanto o pombo voa entre os edifícios, rumo ao horizonte. Aqui e ali, a luz solar que cintila nas janelas envidraçadas cai sobre a ave, cobrindo-a de uma auréola. Conforme se afasta, o pássaro diminui de tamanho, até se reduzir, já fora dos limites da cidade, a um pontinho escuro rente às silhuetas dos morros que cortam a linha do horizonte. De súbito, o pombo arremete, como se quisesse alcançar as nuvens, e, envolto por uma centelha que parece vir do próprio sol, desaparece — como se o firmamento mesmo o tivesse acolhido.

Você sorri. Por ele. Por você. Por todos nós.

22

No seu setor, como a absorção por outra gerência ocorresse, os empregados começam a se transferir.

Você tenta ir para três outras gerências. Sem sucesso. Vai bem nas entrevistas, gostam do seu currículo, mas não há retorno.

Há algo errado — e você descobre o que é numa tarde, enquanto fuma um cigarro, no jardim. À sua frente, depois da amurada, o teto da catedral, que tanto lhe impressionou em seus primeiros dias no Rio; hoje em dia a considera apenas uma construção desarmônica.

Você ouve uma voz a seu lado:

— Vou te falar algo, mas fica entre nós.

É Paulo Sérgio, que apareceu ali num piscar d'olhos. Ele olha ao redor enquanto fala:

— Circula que você é intolerante, difícil de lidar. Por isso você não consegue vaga.

— Quem espalha isso? — Como Paulo Sérgio nada diz, você continua: — E com base em quê?

— Na discussão que você teve com o Dionísio.

— Peraí, peraí — você chega mais perto dele. — Dionísio é o cara que controla o discurso dos outros, e eu sou o intolerante?

— É o que dizem.

— "Dizem"? Paulo Sérgio, você me conhece.

— Eu... — ele se cala.

— O quê?

— Eu não quero me envolver.

— Mesmo com uma injustiça sendo cometida?

— Tenho que ir.

E se vai, a passos largos, olhos o tempo todo ao redor.

Você decide que vai abordá-lo depois, de modo a saber mais sobre a situação.

Não tem chance: no dia seguinte Paulo Sérgio se transfere para outro setor.

Um dia Jairo não aparece no trabalho. Mais um que se arranjou, você pensa.

Os outros estranham que Jairo não lhes tenha dito nada. Dionísio liga para o celular dele, mas ninguém atende. Kalina vai até o apartamento dele. Quando volta, diz, entre lágrimas:

— Jairo se matou.

Você pergunta o motivo. Os demais o ignoram. Depois daquela noite no restaurante, não falam mais com você, exceto sobre questões de trabalho.

Hipólito aparece, inteira-se da situação e volta à sala para os procedimentos previstos em casos assim: comunicado à família, acionamento das autoridades etc.

Os demais se põem a conversar sobre o fato — em voz baixa, de modo que você não os escute. Pelo pouco que consegue ouvir, toma conhecimento de que Jairo anunciou o suicídio numa rede social,

minutos antes de cometê-lo. Ninguém parece saber o motivo.
Você volta ao trabalho. No fundo a notícia não o surpreende. O
que é um narcisista senão alguém que só enxerga a si mesmo no mundo? e quem é assim não tende a, cedo ou tarde, rejeitar esse mesmo
mundo, ainda que à custa da própria vida?

No dia seguinte, é Pisca-Pisca quem não aparece: preso durante
uma venda na praia.

Dionísio também se transfere.

O novo setor dele é no mesmo andar — então às vezes você e ele
se esbarram no elevador.

Quando isso ocorre, evitam se entreolhar. Se estão a sós, nenhum
dos dois diz palavra. No entanto, basta que algum conhecido esteja no
elevador também para que Dionísio desande a falar sobre a situação
política. Zizek já não o impressiona mais (deixou de ser modinha entre
os descolados?) e ele o trocou por Deleuze — o filósofo francês cujos
textos, segundo Dionísio, são as melhores fontes para compreensão dos
protestos que assolam o Brasil.

O rosto virado para a porta do elevador, fora das vistas dos demais, você se limita a sorrir. Sabe que o estudo decisivo sobre protestos
de massa é o de Gustave Le Bon, cujo livro clássico sobre o assunto in-
fluenciou até Freud. Mas é claro, você diz para si mesmo, que Dionísio
jamais ouviu falar desse escritor, ou de qualquer outro que não apareça
nos cadernos de cultura brasileiros. O interesse dele se circunscreve aos
autores da moda, úteis para impressionar a patota de amigos de quem
ele pretende ser um líder intelectual — esse papel, o ápice a que pode
almejar Dionísio, prisioneiro numa névoa de que jamais se libertará.
Mascote intelectual.

⁎
⁎⁎

A próxima a sair é Kalina. Ela consegue um cargo de chefia — graças, você descobre, à influência do homem com quem a vira aos beijos (e algo mais) na garagem.

Você se pergunta se ocorre à Kalina a contradição de que uma ativista ambiental ocupe cargo de confiança numa empresa de petróleo. Durante um almoço, comenta isso com alguém, que responde:

— Ela diz que luta contra a indústria "de dentro".

Você quase se engasga com um pedaço de contrafilé, devido à gargalhada que dá.

⁎
⁎⁎

Depois de duas semanas de reestruturação, só restam no setor você e Hipólito.

Desde o anúncio da mudança, o chefe tentou manter o cargo, que acabou extinto; lutou então por uma nova chefia, mas não conseguiu; sem outra opção, aceitou uma vaga como jornalista, numa das novas gerências criadas.

No último dia dele, ele vai até sua estação:

— Até qualquer dia, meu amigo.

Você o mira, a memória dos abusos ainda presente. Prefere não responder, mas...

(*quando o chefe manda, é baixar a cabeça e obedecer*)

... ao fim diz:

— Até qualquer dia.

Hipólito começa a se afastar. Então, pára e volta:

— Sabe, pode não parecer, mas tudo que fiz... foi pelo eu bem. Se te cobrei muito, foi para que você atingisse o máximo do teu potencial.

Você pára de digitar e o fita. Sabe que ele mente, mas ainda assim cogita sorrir, agradecer, só por diplomacia...

(*quando o chefe manda, é baixar a cabeça e obedecer*)
(*hoje não!*)
Você se ergue e dá a Hipólito um cotoco.

O ex-chefe fica sem reação por alguns segundos. Então, cabisbaixo, afasta-se.

Você se recosta no espaldar da cadeira, leva as mãos entrelaçadas à nuca, fecha os olhos e ri — ri como não o fazia há muito tempo.

23

Sem lotação, não há trabalho. Você cria um perfil numa rede social e, do computador da empresa, começa a postar opiniões sobre a situação política.

Posta textos curtos, contra o governo. Escreve sem filtro, sem a censura silenciosa que antes vinha dos amigos. Pela primeira vez em anos está livre para dizer o que pensa. Aprende na prática o que significa liberdade de expressão — e o quanto, sem nem mesmo saber, sentia-lhe a falta.

Tem ciência de que sua opinião é só mais uma entre tantas; mas milhares de opiniões não acabam por serem ouvidas? Não é esse aliás o princípio da democracia de massa: o indivíduo comum como o agente da ação política — desde que humilde o suficiente para se unir aos demais, para ser apenas mais uma voz na multidão, sem desejo de fama ou glória?

Pouco a pouco você angaria seguidores. Passa a seguir muitos perfis também. Logo está integrado numa rede de conservadores que jamais imaginou existir: associações, *think tanks,* grupos virtuais — um verdadeiro movimento, sob a liderança distante de Osvaldo Albuquerque, que se estabelece naqueles dias como o intelectual mais influente do país.

Uma manifestação contra o governo é marcada para o próximo sábado. Você e os demais da salinha combinar de comparecer.

No meio da semana, você recebe um telefonema duma moça do Recursos Humanos:

— Não podemos manter alguém sem trabalhar, senhor. O Tribunal de Contas está em cima desse tipo de desvio.

— E que opção tenho?

— Apareceu uma vaga no nosso sistema.

— Onde?

— Fortaleza.

— Na refinaria de lá?

— Isso mesmo.

Você hesita. Depois de tudo que passou, terminar onde começou? Por outro lado, que opção tem?

— Senhor, há interesse pela vaga?

Negocia a viagem para a segunda-feira.

No sábado, você e os demais da salinha percorrem a avenida do calçadão da praia. Vestem blusas com a foto do professor; carregam cartazes com os dizeres: "Osvaldo tem razão".

Na avenida, no calçadão e nas quadras laterais, há milhares de manifestantes. A maioria veste verde e amarelo. Exibem palavras de ordem, brandem bandeiras do Brasil.

O sol é forte, mas ninguém parece se importar. Famílias, cachorros, crianças — o clima, de festa cívica, lembra os desfiles em datas militares no colégio de freiras. Carros de som percorrem a avenida, ao microfone os recém-surgidos líderes do movimento — decepções no futuro, mas agora os nomes em que todos depositam as expectativas.

Os celulares falham, devido à concentração de aparelhos; mas a cada retorno de sinal os manifestantes enviam fotos nas redes sociais. As imagens compartilhadas se juntam a outras, das demais manifestações que ocorrem, no mesmo momento, no país inteiro — um país que parece farto da corrupção, do populismo econômico e do Estado intervencionista.

Pela primeira vez desde que chegou ao Rio, sente-se parte de algo maior que você. Este movimento, acredita, é o início da restauração do país — um novo Brasil, que será construído a partir das sementes do antigo, as quais, ainda fincadas na terra, só esperam pelo adubo que um dia vai lhes propiciar o pleno crescimento; esta, a essência do conservadorismo: o cultivo da tradição, não como algo estanque, mas como o grão de que cresce e se consolida a sociedade.

No mesmo sábado, à noite, você termina a primeira redação do romance. Sabe que será preciso reescrevê-lo, várias vezes, até a forma final; mas isso não importa: interessa o caminho que se abre à sua frente.

24

No domingo, véspera da sua viagem, você acorda ao som do co-coricar dum galo.

Curioso, nunca ouviu um galo por ali. Quem teria um, aliás, numa vizinhança só de prédios?

Ao ligar o chuveiro, constata que o fornecimento de água se regularizou. O jato cai sobre você com força. Enxagua-se por uma hora.

Você mal acabou de tomar café da manhã, o galo ainda a cantar, quando o interfone toca. É Ezequiel. Este é o domingo em que combinaram de ir ao mosteiro.

Quando o amigo entra, você confessa que se esqueceu.

— Sorte que eu te acordei, então — diz Ezequiel, enquanto fila uma fatia de presunto dum porta-frios sobre a mesa.

— O galo já tinha me acordado.

— Galo?

— Você não ouviu? Ele estava cantando até você bater na porta. Agora parou.

— Não ouvi nada. Anda, vamos.

Na missa, enquanto ao som de um órgão o turiferário carrega um turíbulo fumegante até o púlpito, acompanhado pelos ministros com círios acesos, seguidos por sua vez pelo diácono com o evangelho em mãos, acima da cabeça — você reavalia sua vida, suas prioridades, seus valores.

Você seguiu as regras.

Para quê? — você se pergunta enquanto no púlpito o diácono, de mãos juntas, saúda o povo.

Para acabar em um propósito — conclui dali a instantes; o diácono a proferir o Evangelho.

E você sabe qual é esse propósito, diz a si mesmo enquanto o diácono prepara o altar para a comunhão e o sacristão se aproxima para incensar os fiéis.

A fumaça de incenso se espraia — primeiro entre os fiéis, depois pelos vitrais da rosácea, em seguida pelas imagens sacras, pelos retábulos em talha do altar-mor, pela cruz junto a ele, pelas capelas laterais — até chegar ao presbitério, às pinturas no teto e aos três portões de ferro fundido sob arcos de concreto que delimitam a galilé, por onde se entra no mosteiro.

O que você, e só você, é capaz de fazer?

Você sabe. Aliás, sempre soube qual era sua vocação — só tinha medo dela.

Sim, *medo*, você diz a si mesmo, enquanto o sacerdote profere a oração eucarística, o diácono ao lado dele, de joelhos.

Medo da responsabilidade. Perante si. Perante Deus.

Cada um a seu redor aqui, neste mosteiro, em cujo altar-mor decorado com flores e iluminado por dois lustres de prata o diácono eleva o cálice, e o sacerdote a patena com a hóstia — cada um aqui teve que se confrontar com o mesmo dilema que você: a realização das ambições mundanas, à custa da própria alma; ou o acatamento do verdadeiro propósito da vida, à custa do "sucesso" conforme definido pela sociedade.

Neste momento, enquanto o sacerdote comunga, e depois dá a comunhão ao diácono, a dos fiéis prestes a ocorrer, você aceita seu propósito na vida: ser um escritor.

Ao beber do cálice de vinho nas mãos do diácono, seus pensamentos já se esvaíram. A mente descansa. Você está em paz.

EPÍLOGO

Ao sair pelo portão de seu prédio, a mala de rodinhas atrás, você se depara com o mendigo de sempre.

Ele está sentado junto à parede do edifício. A blusa e a calça reduzidas a trapos. Continuar assim, estará nu em poucos dias.

Você se recrimina por não ter notado antes que ele estava em tais condições. Os mendigos são invisíveis assim na sociedade?

Você tira sua carteira do bolso da calça *jeans,* deixa nela o dinheiro que precisará para pagar o táxi até o aeroporto, vai até o mendigo e lhe entrega o restante — o suficiente para novas roupas e alguns dias de comida.

Ao se dar conta do valor, o mendigo lacrimeja:

— Obrigado. Deus te pague, senhor...?

— Faustino.

Você se despede, vai até a calçada e acena para um táxi, que para.

Assim que o carro parte rumo ao aeroporto, a mala no banco traseiro, você comenta com o motorista:

— Aquele mendigo vai ter uns dias de alívio.

— Que mendigo? — pergunta o motorista.

— Aquele na parede do prédio.

— Eu não vi ele, senhor. Aliás nunca vi um mendigo por aqui.

Então os mendigos são, sim, invisíveis.

Você procura pelo mendigo no retrovisor lateral, mas o carro já vai muito longe para avistá-lo. No espelho, só um trecho da calçada e, em primeiro plano, seu rosto: cabelo curto estilo militar, pele parda, sobrancelhas espessas.

Você sorri, à visão de si próprio.

— Para que cidade o senhor vai? — pergunta o motorista, olhos na avenida.

— Fortaleza.

— Meu avô é de Fortaleza, mas nunca fui lá. Que tem de bom?

— Galinha caipira à cabidela.

Ele sorri:

— Só?

— Comida, bebida, rede pra dormir: sombra e água fresca. Pra que mais?

À medida que o carro avança pela avenida, o tráfego começa a aumentar. Automóveis e motos aparecem à frente do táxi, depois atrás, em seguida dos lados — até que você está cercado. E pela primeira vez em sua vida não o incomoda o aglomerado, o amontoamento. Você aceita seu lugar — aceita que é somente mais um indivíduo na multidão, mais um ser humano entre tantos, só mais uma alma a tentar se manter à tona na areia movediça.

FIM

Formação Histórica
da Nacionalidade Brasileira

Em 1911, Manuel de Oliveira Lima, então famoso diplomata e historiador, proferiu uma série de palestras na Universidade de Sorbonne, em Paris, que posteriormente foi publicada sob o título Formation historique de la nationalité brésilienne. Por ocasião de sua publicação em francês, já era considerada por historiadores da época uma das melhores obras já escritas sobre a história brasileira.

O Homem que Lia os
Seus Próprios Pensamentos

Esta é uma coletânea de contos inéditos acrescida de material esparso já publicado na internet em blogs e sites ao longo dos últimos anos. Pela primeira vez o leitor brasileiro poderá apreciar em um único volume toda a criatividade e o talento narrativo de Alexandre Soares Silva, um dos maiores ficcionistas do Brasil de hoje.

Ciência das Experiências
de Quase-Morte

Este livro é uma compilação de artigos científicos sobre o tema publicados em revistas especializadas e submetidos à revisão dos pares. O professor John C. Hagan III reuniu treze estudos acadêmicos produzidos por médicos e pesquisadores, entre eles renomados PHDs, que abordam múltiplas questões relacionadas com as experiências de quase-morte.

Onde Está a Felicidade?

Onde Está a Felicidade? é um romance publicado em 1856. A obra representa, por diversas razões, um marco singular na obra de Camilo Castelo Branco. É considerada por muitos críticos como um ponto de viragem na produção romanesca do autor, assinalando uma maior naturalidade de estilo e um retrato cada vez mais fiel da sociedade da época.

Um Milagre em Paraisópolis

Um casal de retirantes luta para ganhar a vida numa favela de São Paulo. Após passarem por vários empregos, o marido vira pastor de uma pequena igreja evangélica, e a família progride. Mas à medida que crescem, os filhos começam a questionar a conduta e os valores dos pais.

Notas sobre a Vida e as Letras

Mais conhecido por seus romances, Joseph Conrad apresenta nesta obra uma face pouco conhecida do público: a de crítico literário e ensaísta. Mas não pense o leitor que se trata de uma obra menor. A mesma fina observação sobre o homem e a natureza demonstrada em suas histórias é empregada em Notas sobre a vida e as letras.

O Sentimento da Beleza

Publicado nos Estados Unidos em 1898, é um dos principais trabalhos filosóficos de George Santayana. Baseado numa série de palestras sobre a teoria e a história da estética proferidas na Universidade de Harvard, o livro é, segundo o define o próprio autor no prefácio, "uma tentativa de organização dos lugares-comuns dispersos da crítica, sob a inspiração de uma psicologia naturalista".

Ego & Alma

Examinando religião e cultura, o sociólogo John Carroll expõe, neste estudo espiritual, os variados aspectos que assume a desesperada busca por sentido do homem moderno.

O autor investiga como a humanidade atual vem tentando preencher o seu vazio existencial nas mais diversas áreas da vida — no trabalho, no esporte, nos hábitos de consumo, na democracia, no turismo, no refúgio na natureza.

O Bosque da Invernada dos Fundos

Na região da Guerra do Contestado, palco de lendas e histórias, desenrola-se uma aventura perturbadora cheia de ingredientes sobrenaturais. O Bosque da Invernada dos Fundos é ao mesmo tempo um romance de terror e histórico, belamente escrito, e que faz jus à mais elevada tradição da língua portuguesa.

A Exemplar Família de Itamar Halbmann

Conheça a intimidade de uma família de figurões esquerdistas, suas tensões e contradições existenciais, suas reações histéricas no meio da crise política de 2016 e da débacle do governo Dilma. Neste "A Exemplar Família de Itamar Halbmann", Diogo Fontana foi lá, no interior da mansão do burocrata, no coração do revolucionário moderno.

O Estado Servil

O livro delineia a versão de Hilaire Belloc da história econômica da Europa: começando na Antiguidade, quando a escravidão era um pilar do sistema produtivo, seguindo através da economia medieval, baseada na servidão e na trabalho agrário, até chegar ao capitalismo moderno.

A Vida é Traição

Num estilo clássico que remete aos grandes mestres da narração, o autor faz girar uma roda da fortuna, cega e aleatória, que joga com o destino dos personagens e surpreende o leitor com as reviravoltas mais inesperadas. Composto de cinco contos, A Vida é Traição oferece um salutar sopro de criatividade às letras nacionais.

AREIA MOVEDIÇA

foi composto em corpo Adobe Garamond Pro 11
e títulos Adobe Garamond Pro Bold 14
para Editora Danúbio